风景卷

兰东辉/主编

中外名家经典作品选

当代世界出版社

图书在版编目(CIP)数据

中外名家经典作品选·风景卷 / 兰东辉主编. -- 北京：当代世界出版社，2012.7
ISBN 978-7-5090-0825-6

Ⅰ.①中… Ⅱ.①兰… Ⅲ.①散文集-世界 Ⅳ.①I16

中国版本图书馆 CIP 数据核字(2012)第 059633 号

书　　名：	中外名家经典作品选·风景卷
出版发行：	当代世界出版社
地　　址：	北京市复兴路4号（100860）
网　　址：	http://www.worldpress.com.cn
编务电话：	（010）83908456
发行电话：	（010）83908410（传真）
	（010）83908408
	（010）83908409
	（010）83908423（邮购）
经　　销：	新华书店
印　　刷：	三河市汇鑫印务有限公司
开　　本：	710 mm×1000 mm　1/16
印　　张：	12
字　　数：	120 千字
版　　次：	2012 年 7 月第 1 版
印　　次：	2012 年 7 月第 1 次
书　　号：	ISBN 978-7-5090-0825-6
定　　价：	23.80 元

如发现印装质量问题，请与承印厂联系调换。

版权所有，翻印必究；未经许可，不得转载！

目录

◎威尼斯

朱自清　　　　　　　　　　1

◎松堂游记

朱自清　　　　　　　　　　7

◎阿拉干的胡杨（节选）

高建群　　　　　　　　　　11

◎绝地之音（节选）

马步升　　　　　　　　　　19

◎鼎湖山听泉

谢大光　　　　　　　　　　26

◎守望峡谷

周涛　　　　　　　　　　　31

◎月光下的探访

李汉荣　　　　　　　　　　39

◎西藏大地（节选）

马丽华　　　　　　　　　　43

◎在怀柔看山

王干　　　　　　　　　　　47

◎雪

祝勇　　　　　　　　　　　51

◎夜宿泉州（节选）

　郭风　　　　　　　　　　　　55

◎生活在大自然的怀抱里（节选）

　[法]卢梭　　　　　　　　　　59

◎西敏寺漫游

　[英]艾迪生　　　　　　　　　63

◎太阳的话

　[日]岛崎藤村　　　　　　　　67

◎月光奏鸣曲

　[法]马塞尔·普鲁斯特　　　　71

◎春到海堤

　[德]施托姆　　　　　　　　　76

◎美

　[印度]泰戈尔　　　　　　　　79

◎草莓

　[波兰]雅·伊瓦什凯维奇　　　84

◎虚荣的紫罗兰

　[黎巴嫩]卡里·纪伯伦　　　　88

◎心愿不及的夏天

　[美]拉·贝克拉塞尔·贝克　　94

◎登勃朗峰

　[美]马克·吐温　　　　　　　99

◎初秋
[日]川端康成　　　　　　　　　　104

◎冬日漫步（节选）
[美]梭罗　　　　　　　　　　　　108

◎夜宿松林
[英]斯蒂文森　　　　　　　　　　114

◎大川河的水（节选）
[日]芥川龙之介　　　　　　　　　120

◎从阿尔卑斯山归来
[法]都德　　　　　　　　　　　　128

◎诗意盎然的黎明
[法]加一西·科莱特　　　　　　　132

◎阳光——黑夜
[法]于勒·米什莱　　　　　　　　135

◎乡村
[俄]屠格涅夫　　　　　　　　　　140

◎蔚蓝的王国
[俄]屠格涅夫　　　　　　　　　　144

◎密西西比河风光
[法]夏多布里昂　　　　　　　　　147

◎尼亚加拉大瀑布
[英]狄更斯　　　　　　　　　　　151

◎四季生活

[俄]谢尔盖·沃罗宁   156

◎塞纳河的早晨

[法]阿纳托尔·法朗士   164

◎远处的青山（节选）

[英]约翰·高尔斯华绥   167

◎自然素描（节选）

[法]儒勒·列那尔   173

威尼斯

朱自清

在圣马克方场的钟楼上看,团花簇锦似的东一块西一块在绿波里荡漾着。远处是水天相接,一片茫茫。这里没有什么煤烟,天空干干净净;在温和的日光中,一切都像透明的。

威尼斯是一个别致的地方。出了火车站,你立刻便会觉得:这里没有汽车,要到那儿,不是搭小火轮,便是雇"刚朵拉"。大运河穿过威尼斯像反写的 S,这就是大街。另有小河道四百十八条,这些就是小胡同。轮船像公共汽车,在大街上走;"刚朵拉"是一种摇橹的小船,威尼斯所特有,它哪儿都去。威尼斯并非没有桥,三百七十八座,有的是。只要不怕转弯抹角,哪儿都走得到,用不着下河去。可是轮船中人还是很多,"刚朵拉"的买卖也似乎并不坏。

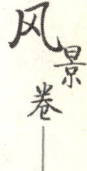

威尼斯是"海中的城"，在意大利半岛的东北角上，是一群小岛，外面一道沙堤隔开亚得利亚海。在圣马克方场的钟楼上看，团花簇锦似的东一块西一块在绿波里荡漾着。远处是水天相接，一片茫茫。这里没有什么煤烟，天空干干净净；在温和的日光中，一切都像透明的。中国人到此，仿佛在江南的水乡；夏初从欧洲北部来的，在这儿还可看见清清楚楚的春天的背影。海水那么绿，那么酽，会带你到梦中去。

威尼斯不单是明媚，在圣马克方场走走就知道。这个方场南面临着一道运河；场中偏东南便是那可以望远的钟楼。威尼斯最热闹的地方是这儿，最华妙庄严的地方也是这儿。除了西边，围着的都是三百年以上的建筑，东边居中是圣马克堂，却有了八九百年——钟楼便在它的右首。再向右是"新衙门"；教堂左首是"老衙门"。这两溜儿楼房的下一层，现在满开了铺子。铺子前面是长廊，一天到晚是来来去去的人。紧接着教堂，直伸向运河去的是公爷府；这个一半属于小方场，另一半便属于运河了。

圣马克堂是方场的主人，建筑在十一世纪，原是卑赞廷式，以直线为主。十四世纪加上戈昔式的装饰，如尖拱门等；十七世纪又参入文艺复兴期的装饰，如栏干等。所以庄严华妙，兼而有之；这正是威尼斯人的漂亮劲儿。教堂里屋顶与墙壁上满是碎玻璃嵌成的画，大概是真金色的地，蓝色和红色的圣灵像。这些像做得非常肃穆。教堂的地是用大理石铺的，颜色花样种种不同。在那种空阔阴暗的氛围中，你觉得伟丽，也觉得森严。教堂左右那两溜儿楼房，式样各别，并不对称；钟楼高三百二十二英尺，也偏在一边儿。但这两溜房子都是三层，都有许多拱门，恰与教堂的门面与圆顶相称；

又都是白石造成，越衬出教堂的金碧辉煌来。教堂右边是向运河去的路，是一个小方场，本来显得空阔些，钟楼恰好填了这个空子。好像我们戏里大将出场，后面一杆旗子总是偏着取势；这方场中的建筑，节奏其实是和谐不过的。十八世纪意大利卡那来陀（Canaletto）一派画家专画威尼斯的建筑，取材于这方场的很多。德国德莱司敦画院中有几张，真好。公爷府里有好些名人的壁画和屋顶画，丁陶来陀（Tintoretto，十六世纪）的大画《乐园》最著名；但更重要的是它建筑的价值。运河上有了这所房子，增加了不少颜色。这全然是戈昔式；动工在九世纪初，以后屡次遭火，屡次重修，现在的据说还是原来的式样。最好看的是它的西南两面；西面斜对着圣马克方场，南面正在运河上。在运河里看，真像在画中。它也是三层：下两层是尖拱门，一眼看去，无数的柱子。最下层的拱门简单疏阔，是载重的样子；上一层便繁密得多，为装饰之用；最上层却更简单，一根柱子没有，除了疏疏落落的窗和门之外，都是整块的墙面。墙面上用白的与玫瑰红的大理石砌成素朴的方纹，在日光里鲜明得像少女一般。威尼斯人真不愧着色的能手。这所房子从运河中看，好像在水里。下两层是玲珑的架子，上一层才是屋子；这是很巧的结构，加上那艳而雅的颜色，令人有惝恍迷离之感。府后有太息桥；从前一边是监狱，一边是法院，狱囚提讯须过这里，所以得名。拜伦诗中曾咏此，因而便脍炙人口起来，其实也只是近世的东西。

　　威尼斯的夜曲是很著名的。夜曲本是一种抒情的曲子，夜晚在人家窗下随便唱。可是运河里也有：晚上在圣马克方场的河边上，看见河中有红绿的纸球灯，便是唱夜曲的船。雇了"刚朵拉"摇过去，靠着那个船停下，船在水中间，两边挨次排着"刚朵拉"，在微波里荡着，像是两只翅膀。唱曲的有男有女，围着一张桌子坐，轮到了便站起来唱，旁边有音乐和着。曲词自然是意大利语，意大利的语音据说最纯粹，最清朗。听起来似乎的确斩截些，女人的尤其如此——意大利的歌女是出名的。音乐节奏繁密，声情热烈，想来是最流行的"爵士乐"。在微微摇摆的红绿灯球底下，颤着醉醺醺的歌喉，运河上一片朦胧的夜也似乎透出玫瑰红的样子。唱完几曲之后，船上有人跨过来，反拿着帽子收钱，多少随意。不愿意听了，还可摇到第二处去。这个略略像当年的秦淮河的光景，但秦淮河却热闹得多。

从圣马克方场向西北去，有两个教堂在艺术上是很重要的。一个是圣罗珂堂，旁边有一所屋子，墙上屋顶上满是画；楼上下大小三间屋，共六十二幅画，是丁陶来陀的手笔。屋里暗极，只有早晨看得清楚。丁陶来陀作画时，因地制宜，大部分只粗粗勾勒，利用阴影，教人看了觉得是几经琢磨似的。《十字架》一幅在楼上小屋内，力量最雄厚。佛拉利堂在圣罗珂近旁，有大画家铁沁（Titian，十六世纪）和近代雕刻家卡奴洼（Canova）的纪念碑。卡奴洼的，灵巧，是自己打的样子；铁沁的，宏壮，是十九世纪中叶才完成的。他的《圣处女升天图》挂在神坛后面，那朱红与亮蓝两种颜色鲜明极了，全幅气韵流动，如风行水上。倍里尼（Giovanni Bellini，十五世纪）的《圣母像》，也是他的精品。他们都还有别的画在这个教堂里。

从圣马克方场沿河直向东去，有一处公园；从一八九五年起，每两年在此地开国际艺术展览会一次。今年是第十八届；加入展览的有意，荷，比，西，丹，法，英，奥，苏俄，美，匈，瑞士，波兰等十三国，意大利的东西自然最多，种类繁极了；未来派立体派的图画雕刻，都可见到，还有别的许多新奇的作品，说不出路数。颜色大概鲜明，教人眼睛发亮；建筑也是新式，简截不啰嗦，痛快之至。苏俄的作品不多，大概是工农生活的表现，兼有沉毅和高兴的调子。他们也用鲜明的颜色，但显然没有很费心思在艺术上，作风老老实实，并不向牛犄角里寻找新奇的玩意儿。

威尼斯的玻璃器皿，刻花皮件，都是名产，以典丽风华胜，缂丝也不错。大理石小雕像，是著名大品的缩本，出于名手的还有味。

心香一瓣

游踪与风情风物的交叉描绘,让这座异域城市鲜活地呈现在我们面前。

威尼斯被称为"水上之城",是欧洲著名的艺术圣地之一。美丽、温馨和浪漫,是它留给人们最深刻的印象。

威尼斯的活力,来自其文艺复兴时期以来一直保护良好的文化和艺术气息,这在世界名城中是极其难能可贵的。

经受磨难,却风韵犹存;历尽沧桑,却永葆活力。这难道不是一座城市应有的风骨吗?

作者简介

朱自清(1898—1948),现代著名散文家、诗人、学者、民主战士。原名自华,号秋实,字佩弦。原籍浙江绍兴,生于江苏。其散文朴素缜密、清隽沉郁、语言洗炼、文笔清丽,主要作品有《踪迹》、《背影》、《欧游杂记》、《论雅俗共赏》等。

松堂游记

朱自清

> 云越来越厚,由他罢,懒得去管了。可是想,若是一个秋夜,刮点西风也好。虽不是真松树,但那奔腾澎湃的"涛"声也该得听吧。

去年夏天,我们和 S 君夫妇在松堂住了三日。难得这三日的闲,我们约好了什么事不管,只玩儿,也带了两本书,却只是预备闲得真没办法时消消遣的。

出发的前夜,忽然雷雨大作。枕上颇为怅怅,难道天公这么不做美吗!第二天清早,一看却是个大晴天。上了车,一路树木带着宿雨,绿得发亮,地下只有一些水塘,没有一点尘土,行人也不多。又静,又干净。

想着到还早呢,过了红山头不远,车却停下了。两扇大红门紧闭着，门额是国立清华大学西山牧场。拍了一会门，没人出来，我们正在没奈何，一个过路的孩子说这门上了锁得走旁门。旁门上接着牌子，"内有恶犬"。小时候最怕狗，有点趑趄。门里有人出来，保护着进去，一面吆喝着汪汪的群犬，一面只是说，"不碍不碍"。

过了两道小门，真是豁然开朗，别有天地。一眼先是亭亭直立、又刚健又婀娜的白皮松。白皮松不算奇，多得好，你挤着我我挤着你也不算奇，疏得好，要像住宅的院子里，四角上各来上一棵，疏不是？谁爱看？这儿就是院子大得好，就是四方八面都来得好。中间便是松堂，原是一座石亭子改造的，这座亭子高大宽敞，对得起那四围的松树、大理石柱、大理石栏杆，都还好好的白、滑、冷。白皮松没有多少影子，堂中明窗净几，坐下来清清楚楚觉得自己真太小。在这样高的屋顶下，树影子少，可不热，廊下端详那些松树灵秀的姿态，洁白的皮肤，隐隐的一丝儿凉意便袭上心头。

堂后一座假山，石头并不好，堆叠得还不算傻瓜。里头藏着个小洞，有：神龛，石桌，石凳之类。可是外边看，不仔细看不出，得费点心去发现。假山上满可以爬过去，不顶容易，也不顶难。后山有座无梁殿，红墙，各色琉璃砖瓦，屋脊上三个瓶子，太阳里古艳照人。殿在半山，悄然独立，有俯视八极气象。天坛的无梁殿太小，南京灵谷寺的太黯淡，又都在平地上。山上还残留着些旧碉堡，是乾隆打金川时在西山练健锐云梯营用的，在阴雨天或斜阳中看最有味。又有座白玉石牌坊，和碧云寺塔院前那一座一般，不知怎样，前年春天倒下了，看着怪不好过的。

可惜我们来的还不是时候，晚饭后在廊下黑暗里等月亮，月亮老不上，我们什么都谈，又赌背诗词，有时也沉默一会儿。黑暗也有黑暗的好处,松树的长影子阴森森的有点像鬼物拿土。但是这么看的话,松堂的院子还差得远,白皮松也太秀气,我想起郭沫若君《夜步十里松原》那首诗,那才够阴森森的味儿——而且得独自一个人。好了,月亮上来了,却又让云遮去了一半,老远的躲在树缝里像个乡下姑娘,羞答答的。从前人说:"千呼万唤始出来,犹抱琵琶半遮面。"真有点儿!云越来越厚,由他罢,懒得去管了。可是想,若是一个秋夜,刮点西风也好。虽不是真松树,但那奔腾澎湃的"涛"声也该得听吧。

西风自然是不会来的。临睡时,我们在堂中点上了两三支洋蜡。怯怯的焰子让大屋顶压着,喘不出气来。我们隔着烛光彼此相看,也像蒙着一层烟雾。外面是连天漫地一片黑,海似的。只有远近几声犬吠,教我们知道还在人间世里。

心香一瓣

  俊逸清新、素雅清丽,是朱自清先生山水游记常见的风格。没有浓墨重彩,无需精雕细刻,只需几笔轻描淡写,便能将景物的神韵情趣展现得活灵活现。

  探究他的文字,我们不难体会到:唯有豁达的心境,才能捕捉到大自然的万千风情。

  "采菊东篱下,悠然见南山。问君何能尔,心远地自偏。"心境,决定一切。

[作者简介]

  朱自清(1898—1948),现代著名散文家、诗人、学者、民主战士。原名自华,号秋实,字佩弦。原籍浙江绍兴,生于江苏。其散文朴素缜密、清隽沉郁、语言洗炼、文笔清丽,主要作品有《踪迹》、《背影》、《欧游杂记》、《论雅俗共赏》等。

阿拉干的胡杨（节选）

高建群

有一种坚硬的、冰冷的东西，它叫时间，它在主宰着功造和毁灭。

"罗布人有许多东西遗落在路上了，但是，有一条关于胡杨的俚语，我还记着，这就是：胡杨有三条命——生长不死一千年，死后不倒一千年，倒地不朽一千年！"一位叫热合曼的老人对我说。

"胡杨在我们的叫法中，还有一个名字，叫三叶树。它的底部长的是窄长的柳叶，中间长的则是圆圆的大杨叶，顶部——它的顶部是椭圆形的小杨叶。三种树叶奇怪地长在一棵树上，所以我们叫它三叶树！"另一位叫亚生的老人对我说。

两位老人，向我说这话的时间是一九九八年秋天的日子。说这话时，那个叫热合曼的老人一百零五岁，那个叫亚生的老人一百零二岁。说话的地点是在阿拉干一片死亡的胡杨林里。

通常，他们被认为是最后的两个罗布泊人，或者换言之，是两千年前曾经建立过辉煌的楼兰绿洲文明的楼兰人，尚且留在这个世界上的最后两个后裔。尽管，几年前在哈密以南靠近库鲁克塔格山的地方，有一个村庄的人自称是罗布泊人，而在我们前往罗布泊途中经过的那个叫迪坎尔的小村，也据说是从罗布泊迁徙出来的，但是，专家的说法和民间的说法，都认为现存世上的罗布泊人，只剩下最后两个了，他们就是居住在米兰的热合曼和亚生。

米兰与楼兰一样，是一座废弃了的城市。历史上，它与楼兰互为犄角之势，一个是国都，一个是屯兵和囤田的地方。二十世纪中叶，兵团人来到这里，在这里建立了生产兵团农二师的一个团场，这里重新成为塔克拉玛干北缘的一个绿洲城市。

团场在成立时，收容了散居在米兰河边的一些当地居民，组成一个民族连。热合曼和亚生，就是这样结束了他们世世代代的渔猎生活，融入到现代社会中的。据说，当时收容的这一拨人有几十个，后来他们纷纷谢世了，只剩下了热合曼和亚生。

这是中亚细亚灼热阳光下的最后两滴水，他们说一声干涸，也许就会像罗布泊的水一样，完全干涸的。这是我面对两张沧桑的脸时的感觉。我是在这曾经建立过辉煌楼兰绿洲文明的楼兰人消亡之前，见过他们的两个最后幸存者的人。这对我是一个重要的经历。我此生注定会遇一些重要人物，这次算是一次。

据说在来到米兰河之前，最后的罗布泊人住在一个叫"阿不旦"的地方。所谓的阿不旦，它翻译过来，就是适宜于人类居住的有水的地方。清朝末年，当法国人斯坦因深入罗布泊腹地时，他曾经到过阿不旦，那时罗布人大约还有几百之众，分别居住在两个小村子里。

在罗布泊一年一年的盈亏中，在罗布泊像钟摆一样一次一次的位移中，逐水而居的罗布人总是在不停搬迁。他们将他们每一个新建的村庄都叫"阿不旦"，在这里建立起新生活的愿望，并希望这一次搬迁将是最后的搬迁。当然，这只是他们的一厢情愿，少则几十年，多则上百年，随着罗布泊的继续收束和碱化，他们又得循着塔里木河水系，向上游走，继续寻找他们的新的"阿不旦"。

也许在几千年的岁月中，罗布人就是这样过来的，辉煌的楼兰绿洲文明，就是这样延挨着日月，最后只剩下这两滴闪烁在二十世纪末阳光下的水滴的。

瞩望岁月，瞩望从罗布人到楼兰人这一段黑暗的、为历史所遮掩和残酷遗忘的岁月，真令人不寒而栗。

那么遥远年代的楼兰人，那个曾在塔克拉玛干大沙漠以北，罗布泊以南，建立起中亚细亚绿洲文明的楼兰人，他们又是从哪里来的呢？史学家们说，欧洲一支古老人种，大约在距今两千五百多年到三千年的时候，由于一场战争的失败，于是举国举族开始向亚洲迁徙。他们越过欧亚大陆桥，来到罗布泊的岸边。他们发现这水草丰美、鸥飞鱼跃的罗布泊，和他们的爱琴海故乡很相似，于是决定在这里定居。他们中农耕渔猎的一支，建立楼兰国；游牧的一支，建立大月氏。

对于史学家言之凿凿地为我们提供的这一段楼兰前史，我不敢妄作评论。史学家是根据小河墓地金发碧眼的楼兰木乃伊美女推测的，还是根据楼兰城出土的布帛木简推测的，抑或是根据宗教残迹的犍陀罗风格来推测，这些我都不懂。我这里只想说的是，这个推测曾引起我许多遐想，因为此前的我曾接触过匈奴民族的西迁史。两股潮水，一个自西而东，一个自东而西，它们撞头的地点正是在罗布泊。那该是怎样的一幅景象啊！

定居后的楼兰人，还接纳了另一部分强健的血液，这就是贵霜王朝的遗民。这贵霜王朝，就建在今天阿富汗高原上。当时世界的格局是这样的：东方有汉王朝的中华帝国，西方有分裂为二的罗马帝国，而在中间地带，即被英国人类学家汤恩比称之为欧亚大平原的地方，有两个帝国，一是在今天土耳其的伊斯坦布尔地面建立的安息王朝，一是上面提到的贵霜王朝。

贵霜王朝在一夜间突然神秘地灭亡了。它的国家，它的民众，它的文字和语言，都从历史进程中消失。然而一些年后，那种被称为"佉卢文"的发源于古印度的贵霜文字，重新在楼兰以及左近地面和田、喀什出现，并且堂而皇之地成为楼兰国与汉语并行使用的官方文字。

据此我们可以想见，楼兰国当时接纳的规模。

一个民族只剩下这最后的两个人了，要靠这两个名叫热合曼和亚生的风烛残年的老人，来承担整个民族的记忆，那是一件太沉重的事情。所以在阿拉干，在那狰狞万状的死亡胡杨林里，热合曼说，他把许多的记忆都遗忘在路上了。

但是有一个关于胡杨的俚语他没有遗忘。这俚语上面说了，它就是："胡杨有三条命——生长不死一千年，死后不倒一千年，倒地不朽一千年！"

阿拉干是一个地名。

一百年前,阿拉干是塔里木河咆哮着注入罗布泊的入海口。

塔里木河发源于葱岭,它在塔里木盆地绕了一个半圆之后,在收容了叶尔羌河、开都河等一系列水流之后,从此处注入罗布泊。

胡杨是中亚细亚的树木。胡杨是苦难的树木,和伴生它的楼兰民族一样苦难。在这里,水到哪里,胡杨便生长到哪里,因此塔里木河两岸,是两条绿色的胡杨林带,而阿拉干这地方,当年更是有着遮天蔽日的胡杨林。但是往事如烟,随着塔里木河的断流,随着风沙一年一度的侵蚀,胡杨林正在大片大片地死亡。

我曾经在塔中地面,见过一大片死亡的胡杨林。它们还没有完全死亡,只是处于濒死状态。粗壮的树木,奇形怪状地仆倒一地。记得有一棵树已经死了,但在树身一人高的地方,却令人感动地生出几片绿叶——那是柳叶,正像亚生告诉我的那样。

我还在帕米尔高原下面,塔克拉玛干大沙漠深处,见过一片死亡胡杨林。那地方翻译成汉语叫"野猪沟",当年也许是一个水泊,但如今已经完全干涸,为四面的沙丘所包围。那一片胡杨林,皮全部脱了,像白骨的颜色,就连最细小的枝条也蜕成白色。但它们仍端端地立在地上,穿行其间,给人一种世界末日般的凄凉情景。我们在那死亡了的胡杨林里曾歇息过一夜。夜里有些冷,生篝火的时候,我们折了胡杨的细枝。这细枝像火柴棒一样,一点就着。自然,在翌日清晨离开时,我们没有忘记用沙子将灰烬掩埋起来,因为只要有一星火,这座"死后不倒一千年"的胡杨林,就会从地面上从此消失。

但是带给我巨大刺激的,或者说带给我最大感动的,还是这阿拉干的胡杨。

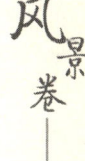

我不知道这是不是因为有最后的两个罗布人就在我身边，充当我向导的缘故。

中亚细亚的太阳，在正午的时候，很亮很白，亮得炫目，白得刺眼，但正午一过，太阳稍稍西斜一点，林中便昏暗了起来。

有些树木倒毙了，横躺在那里，你得迈过去。有些树木虽然死了许多年了，但是还端端地立在那里，在完成着它们早已确定的宿命。这些树木或站或立，模样都十分地庞大、粗糙、丑陋、可怕。那些像狮、像虎、像蟒蛇的丑陋外状，是时间的刀功，是岁月的产物。它们仿佛我们在侏罗纪公园中，看到的那些史前怪兽，或者像高烧病人，在梦境中出现的令人恐怖的想象。

出了林子，透一口气，向远处望去。流动的黄沙已经将塔里木河古河道填满，流沙呈现出一层一层的波浪，那是风的形状。远处有些沙包，那沙包也许是塔里木河高高的堤岸。沙包子上，偶尔会有一棵高大的胡杨，只剩下斑驳的树身了，像一件某动物的生殖器一样直翘翘地立在那里，苍凉，悲壮，举目望天。

作为我个人来说，距离死亡大约还有一段路程的，但是在阿拉干，我看到了进程中的死亡，和死亡中的进程，包括树，包括人。

当然最大的死亡还是我右手位置这个名闻遐迩的罗布泊。它就在这阿拉干的胡杨之侧面静静地躺着，完成着它沧海桑田、山谷为陵的宿命。

记得我在行文的途中，曾提到阿拉干是塔里木河注入罗布泊的入海口。我在那里令人刺眼地提到"海"这个字眼。此刻我想说的是，"海"这个字眼不是随便提出的，因为在遥远的年代里，罗布泊确实是一个海。

它现在是一点水也没有了，成为死亡之海。但是在两千年以前，它有十万平方公里的水面，司马迁在《史记》里称它"蒲昌海"。如果再要向上追溯，那么在一亿五千万年之前的侏罗纪，它还是一个大洋，那大洋的名字叫准噶尔大洋。只是在地壳运动中，洋底拱起，水才被逼到罗布泊这一隅的。那拱起的地壳，形成一个大的盆地，这盆地因为天山山脉的隆起而分割为二。天山北麓的盆地叫准噶尔，盆地的中心包着一个古尔班通古特大沙漠；天山南麓的盆地叫塔里木，盆地的中心包着一个塔克拉玛干大沙漠。

有一种坚硬的、冰冷的东西，它叫时间，它在主宰着功造和毁灭。

末了，关于胡杨，我还想啰嗦两句。据说在内蒙的额济纳旗，即古代的边塞诗人们喜欢咏叹的那个"居延海"，或是西夏史上那有名的"黑城"，或者再直观一些说吧，就是两千年春夏之交的那几次沙尘暴袭击北京的那策源地，还有少许的活着的胡杨林存在，但是我没有去过那里，所以不便在此饶舌。而我的不便饶舌也是有理由的，因为它们已经不是阿拉干的胡杨了。

末了，还有一点关于胡杨的知识要谈，这也是热合曼和亚生告诉我的。他们说，活着的胡杨，在整个夏天，叶子会是一种纯粹的墨绿，但是等到每年的十月二十五日这一天，中午十二点的时候，如果有太阳，好像接受到一项指令似的，所有的胡杨树叶会在那一刻变得金碧辉煌。

心香一瓣

胡杨树具有沐浴苦难的英雄本色，像楼兰民族一样经历了许多苦难。面对它们，我们唯有崇敬之情。

沧海桑田，生命的顽强与坚韧，就是这样写就的。不抱怨、不自卑，任凭风沙雕琢，也要在造物主给予的恶劣的环境中完成生长的使命。

树犹如此，一个民族更应该如此。唯有坚韧，唯有抗争，才能迎来苦难铸就的辉煌，才能谱写一曲生命的传奇之歌。

作者简介

高建群（1954—），小说家，陕西省文联副主席、陕西省作家协会副主席。被誉为浪漫派文学"最后的骑士"。代表作有《最后一个匈奴》、《六六镇》、《古道天机》、《遥远的白房子》等。

绝地之音（节选）

马步升

绝地之音，并不仅仅传达悲壮哀婉，它是生命本身，每一个音符里都透射着生命的全部内涵。它不是用具体的词、调所能表达清楚的，身处无语无理性之境地，废词失调才是真实生命的展示。

七年前深秋的一个黄昏，我呆坐在陕甘交界处一座古长城的营盘上，怅惘地望着大沟那面踟蹰在山坡上恹恹的夕阳，倾听着那串如丝如缕如歌似哭的歌声，被风沙折磨了半个月的干涸的眼眶，不觉间盈满了清泪。七年间我怀揣着那串无词无调的歌声游历了许多美丽的、荒瘠的地方，谛听过许多古今中外的人都为之倾倒的乐音，但时刻能够震撼我心灵的能进入我血液骨髓的仍然是这串无词无调的歌声。每到一地，每结识一个新的朋友，在酒酣无状之时，我都毫无例外地要讲起那天的经历和感受。每一次的讲述，所用的语调、词汇、情绪，甚至描述的事实本身，一次和一次都不尽相同，甚至大相径庭。但每一次都让自己感动得不能自拔，也常使对方泪眼盈盈。所以这样，我想我是力图使自己的心智接近那个黄昏，复原那个黄昏的感受，然而，一次一次的努力却使自己对原来刻骨铭心的经历的真实性也发生了怀疑：那一刻究竟是现实还是梦幻？然而，每当那串歌声訇然回响心灵狂荡难已之时，我仍铁定了心，那就是诗人海子那响彻人寰的心愿：那幸福的闪电告诉我的，我将告诉每一个人！

那年秋天，我随导师踏上了徒步考察长城的征程。进入陕甘宁蒙一带，我的心整日被强烈地震撼着。那是一片什么样的土地呵，大沟横断，小沟交错，沟中有沟，原本平展开阔的黄土高原被洪水切割成狰狞的黄土林。我们背负考察工具，和采集到的秦汉边卒使用过的遗物标本，整日跋涉在这无边无际的黄土迷宫中。晚秋的朔风走涧窜谷，刮得干枯的黄土崖面一片乱叫如蝉鸣。在这典型的黄土沟壑地形里，惟一标志我们方向的是长城。细心看，有一条高约二三米的土垒顺山脊沿若隐若现、时断时续蜿蜒伸展。这一带的长城在修筑时，充分利用了天然地形，因高而置险，因险而置塞，因沟而开堑，因堑而起垒，千百年来，由于洪水冲刷，原来较为和缓的沟壑现多为绝壁危沟，有些区段的长城高悬于数十米、甚至百米的沟崖之上，使残存的一线土垒，倒显得格外威风壮观。

整日里见不着生存在现时现地的人，能与我们交流的只有秦汉边卒的遗迹，那无阻无碍的朔风挟着远古的灵感，一拨一拨地注入我们的身心。用残砖断瓦、夯土层、灰烬、烽缝城障、破碎伶仃的白骨，还有零星的箭镞，将这些置于山川地理之中，置于浩繁的典籍之中，启动那颗秦时的心汉时的心，还有共和国的心，已逝的时代风貌便一一披露眼前。那天，我们向营盘梁进发。在熹微的晨光里，已能清楚地看见营盘梁的一切。这是一座屯兵的城堡，高居于众壑之音，无论从哪个方向望去，这都是一个襟山带河，俯视四周的所在。站在沟这边，似乎迈出一大步就可站在营盘梁上。预料之中是，我们下了沟，立即就被淹没在黄土林中。为越过一条洪水随意冲出的毛沟，也得七绕八绕，历经艰难，费尽气力。在自然轻描淡写的恶作剧中，人竟是如此的疲弱。午后三时许，我们才绕至营盘梁的脚下。仰面一望，不由倒吸几口冷气。在群沟群壑之间，托出一座馒头似的山峰。山顶尘雾迷蒙，陡直的山坡连羊肠小道也无一根，只有些许衰草在朔风中絮絮叨叨。一天未见着人影，全部食物只有一块干硬的馒头和半壶凉水。必须赶天黑前翻过营盘梁找到借宿的人家，要不山中的野狼会使我们成为古长城线上的遗骨。我和导师开始爬山。我背着几十斤重的标本，导师带着考察工具，在无路处寻路，在陡崖中寻找立足之地。我敢说，我的脚印，今生今世以至永远，不会再有第二个脚印与之重叠，该缓口气了，该补充力量了，一块馒头，此手传入彼手，馒头上只留下几道模糊的牙印，半壶凉水，你喝了我喝，摇起来仍咕嘟有声。这可是我们师徒的生命啊！

终于，攀上了山顶。黄乏的太阳已站在了一根黄土柱上，随时准备一跃而下，将山川人灵都置于无际的黑暗之中。山顶的风很厉，似乎这仍是一座被围困的营盘，风从四面沟崖齐向山顶冲击，一道道土烟合围上来，营盘萧瑟，隐隐有金戈铁马之音。趁着天色尚明，我们立即架起望远镜,观察四周形胜、拍照,搜集遗物,绘图,记录。这是一座巨大的城障,城头上攻战、生活设施一应俱全,处处遗迹都透射着当年的威武壮观。我们站在城墙上,寻找继续前行的路。这时,一个场景牢牢地攫住了我。

面前又是一条大沟。夕阳仍然漂在那面沟坡上。一眼望不见边沿的沟坡破碎而陡直。有一块平地,满沟坡只有一块平地。那是一块什么样的平地呵,沟坡向沟底延伸,突然被沟内冲出来的洪水迎面斩断,在面前划出一道深达百米的危崖,山坡上涌下来的洪水则从两面切割下来,各自形成危崖,中间只留下两亩见方的一块平地,岌岌悬于三面陡崖之上,余下的一面如一根细绳拴在山体之上。距平台不远有两棵山椿树,树下有几孔土窑洞,一群鸡,一条大黑狗,几头猪,还有几头大骡子在树下或站或卧。山坡较平缓处,铺展着有耕种痕迹的山坡地。平台上正在打碾庄稼。一头大骡子拉着碌碡在场内不紧不慢地转圈儿,一个人一手牵绳缰,一手扬皮鞭,皮鞭并不往下抽,只绕在空中,偶尔鞭梢一抖,啪地一声,那声音就沿着三面沟崖哗啦啦传出去,很远很远,直到听不见任何声响,还觉得有一股声音驰向遥远。那人拉着骡子转在了崖边,阳光依然洒下来,远远看去,人和骡和碌碡好似在空中行走。我的心跳起来,人或骡只要走歪一步……那人高扬起手臂,鞭梢也张扬起来,骡子和碌碡也欢乐了几分。突然,那人唱了起来,细听,那歌无词,也无统一的曲调,只有一种内在的音韵连续在一起。如果说有歌词的话,那只有"咧"一个字。咧——咧——咧——,歌声好似被鞭梢越沟撩过来,抑或是被风断断续续扔过来。满地是无边的黄土壑,昏黄的夕阳浮在黄土上,满地好似涂着秦汉边卒那风干的血。那歌声,似情歌却含雄壮，似悲歌却多悠扬，似颂歌却兼哀怨，似战歌却嫌凄婉……那是一首真正的绝唱，无词，而饱含万有，无调，却调兼古今。

根据地势，那是长城的外侧，也就是长城要守御的对象。长城一线，仅一墙之隔，即便同民族，甚至同家庭也风俗迥异。其显著标志便是寒食节长城内侧家家户户送寒衣，而长城外侧则无此风俗。长城不光是一道军事防御线，更是一道文化分界线，心理分界线，这条线已超越了历史，超越了民族，它是一种习惯，一种地域自觉。那么，对面平台上引吭高歌的究竟是秦汉边卒的骨肉还是匈奴的遗脉？仅一沟之隔，便有山河悬远，可望而不可即之感。我只有倾听他那洞穿物障的声音。咧——咧——咧——，他究竟要咏叹什么，歌颂什么，怨懑什么，冀求什么？他是为秦汉边卒而歌还是为匈奴先民而歌？抑或是为千年历史陈迹而歌？甚而至于他压根儿什么都不想不屑也没有表达？无词，无调，那单调而变幻无端的音符随着朔风洒向山川沟壑，沿着陡崖一路流淌而去，汇入风沙草棵中。

多年来，我一直在寻找那支歌的词和调，为此我翻遍了几乎所有可以找得到的形式各异的黄土高原民歌卷册，为此，我喜欢听各种音乐和各种嗓门唱出的歌。尽管，我仍不懂音乐，不会唱歌，但我坚信人的心灵是相通的，只要有一支歌与那支歌重合，我便会立即将其捕捉，遗憾的是我的寻找距离原目标愈来愈远，我甚至不能确定世间有无那首歌，或者我曾否听到过那首歌？尽管那首歌仍时时刻刻奔来耳畔，那清晰的音符有力地敲打着我的心灵，让我一次又一次地感动。我相信那是真实的歌音，要不自己怎么会不断地被感动，并且不断地感动着越来越多的天南地北经历迥异的朋友？

我无法确定它，但我必须接近它，捕获它。

过了几年，我闯进了腾格里大沙漠。不知不觉间，满世界只剩下我一条生命。这时夕阳平洒下来，望不断的沙丘便如远古宫殿的金柱，矗满了我的四周。哪一根金柱可供我依靠，哪座宫殿可供我憩息？怅然良久，满地都是与生命无缘的荒漠。那串歌吟这时突然奔入我的心房，我濡湿了干裂的嘴唇，迎着依依下沉的夕阳唱了起来。咧——咧——咧——，哦，是那声音，是那来自古长城线上的声音。我至今也不知道那天我究竟唱了什么，但我肯定，那一次我确切地捕捉住了那串古长城线上的音符。

绝地，才能迸发出绝唱，绝唱，永远是绝地的宿命。绝地之音，并不仅仅传达悲壮哀婉，它是生命本身，每一个音符里都透射着生命的全部内涵。它不是用具体的词、调所能表达清楚的，身处无语无理性之境地，废词失调才是真实生命的展示。

心香一瓣

"因生之可贵,求生本能方显得壮丽恢弘;因生之艰难,才使生命本体万分珍重生命。这是一方生命内涵博大精深的世界。"绝地,也有生命的伟唱。

绝地之音,吟唱的是生命的豪迈和野性的张扬。绝地之音,源自脚下那片有着深沉厚重的历史与文化的土地。

从绝望中寻找希望,在绝望中奋勇抗争,才是生命应有的顽强与坚韧。

[作者简介]

马步升(1963—),甘肃合水人。中国作家协会会员,曾在甘肃省社科院文化研究所任职。著有长篇小说《女人狱》、《北京不是你的家》、《走西口》等以及散文集《百年甘肃》等。

鼎湖山听泉

谢大光

　　这万般泉声,被一支看不见的指挥棒编织到一起,汇成一曲奇妙的交响乐。在这泉水的交响之中,仿佛能够听到岁月的流逝,历史的变迁,生命在诞生、成长、繁衍、死亡,新陈代谢的声部,由弱到强,渐渐展开,升腾而成为主旋律。

　　江轮夹着细雨,送我到肇庆。冒雨游了一遭七星岩,走得匆匆,看得蒙蒙。赶到鼎湖山时,已近黄昏。雨倒是歇住了,雾漫得更开。山只露出窄窄的一段绿脚,齐腰以上,宛如轻纱遮面,看不真切。眼不见,耳则愈灵。过了寒翠桥,还没踏上进山的石径,泠泠淙淙的泉声就扑面而来。泉声极清朗,闻声如见山泉活脱脱迸跳的姿影,引人顿生雀跃之心，身不由己，循声而去，不觉渐高渐幽，已入山中。

　　进山方知泉水非止一脉，前后左右，草丛石缝，几乎无处不涌，无处不鸣。山间林密，泉隐其中，有时，泉水在林木疏朗处闪过亮亮的一泓，再向前寻，已不可得。那半含半露、欲近故远的娇态，使我想起在家散步时，常常绕我膝下的爱女。每见我伸手欲揽其近前，她必远远地跑开，仰起笑脸逗我；待我佯作冷淡而不顾，她却又悄悄跑近，偎我腰间。好一个调皮的孩子！

　　山泉作娇儿之态，泉声则是孩子如铃的笑语。受泉声的感染，鼎湖山年轻了许多，山径之幽曲，竹木之青翠，都透着一股童稚的生气，使进山之人如入清澈透明的境界，身心了无杂尘，陡觉轻快。行至半山，有一补山亭。亭已破旧，无可驻目之处，惟亭内一副楹联"到此已无尘半点，上来更有碧千寻"，深得此中精神，令人点头会意。

　　站在亭前望去，满眼确是一片浓碧。远近高低，树木枝缠藤绕，密不分株，沉甸甸的湿绿，犹如大海的波浪，一层一层，直向山顶推去。就连脚下盘旋曲折的石径，也印满苔痕，点点鲜绿。踩着潮润柔滑的石阶，小心翼翼，拾级而上。越向高处，树越密，绿意越浓，泉影越不可寻，而泉声越发悦耳。怅惘间，忽闻云中传来钟声，顿时，山鸣谷应，悠悠扬扬。安详厚重的钟声和欢快清亮的泉声，在雨后宁静的暮色中，相互应答着，像是老人扶杖立于门前，召唤着嬉戏忘返的孩子。

　　钟声来自半山上的庆云寺。寺院依山而造，嵌于千峰碧翠之中。由补山亭登四百余阶，即可达。庆云寺是岭南著名的佛教第十七福地，始建于明崇祯年间，已有三百多年历史。寺内现存一口"千人锅"，直径近二米，可容一千一百升，颇为引人注目。古刹当年的盛况，于此可见一斑。

晚饭后，绕寺前庭园漫步。园中繁花似锦，蜂蝶翩飞，生意盎然，与大殿上的肃穆气氛迥然相异。花丛中，两棵高大的古树，枝繁叶茂，绿阴如盖，根部护以石栏，显得与众不同。原来，这是两百多年前，引自锡兰国（今名斯里兰卡）的两棵菩提树。相传佛祖释迦牟尼得道于菩提树下，因而，佛门视菩提为圣树，自然受到特殊的礼遇。其实，菩提本身并没有什么高贵之处，将其置于鼎湖山万木丛中，恐怕没有多少人能够分辨得出。

鼎湖山的树，种类实在太多。据说，在地球的同一纬度线上，鼎湖山是现存植物品种最多的一个点，已辟为自然保护区，并被联合国教科文组织选作生态观测站。当地的同志告诉我，鼎湖山的森林，虽经历代变迁而未遭大的破坏，还有赖于庆云寺的保护。而如今，大约是佛法失灵的缘故吧，同一个庆云寺，却由于引来大批旅游者，反给自然保护区带来潜在的威胁。

入夜，山中万籁俱寂。借宿寺旁客房，如枕泉而眠。深夜听泉，别有一番滋味。泉声浸着月光，听来格外清晰。白日里浑然一片的泉鸣，此时却能分出许多层次：那柔曼如提琴者，是草丛中淌过的小溪；那清脆如弹拨者，是石缝间漏下的滴泉；那厚重如倍司轰响者，应为万道细流汇于空谷；那雄浑如铜管齐鸣者，定是激流直下陡壁，飞瀑落下深潭。至于泉水绕过树根，清流拍打着卵石，则轻重缓急，远近高低，各自发出不同的音响。这万般泉声，被一支看不见的指挥棒编织到一起，汇成一曲奇妙的交响乐。在这泉水的交响之中，仿佛能够听到岁月的流逝，历史的变迁，生命在诞生、成长、繁衍、死亡，新陈代谢的声部，由弱到强，渐渐展开，升腾而成为主旋律。我俯身倾听着，分辨着，心神犹如融于水中，随泉而流，游遍鼎湖；又好像泉水汩汩滤过心田，冲走污垢，留下深情，任我品味，引我遐想。啊，我完全陶醉在泉水的歌唱之中。说什么"山不在高，有仙则名"，我却道"山不在名，有泉则灵"。孕育生机，滋润万木，泉水就是鼎湖山的灵魂。这一夜，只觉泉鸣不绝于耳，不知是梦，是醒？

梦也罢。醒也罢。我愿清泉永在。我愿清泉常鸣。

心香一瓣

"山不在名,有泉则灵。"有水的地方,就有灵动。

大自然就是一个天生的出色的音乐家,它用独一无二的曲调引发我们对生命的思索,用美妙的旋律激发我们对生活的热爱。

聆听大自然的天籁之音,也是一种放松身心、净化自我的方式。与大自然亲密接触,洗刷世俗的污垢,让心灵返璞归真,你就不会轻易在生活的奔波中迷失了自我。

[作者简介]

谢大光(1943—),山西人。著名编辑家、散文家。历任百花文艺出版社编辑、副总编辑,《小说家》主编,《散文》海外版主编、编审等。著有散文集《落花》、《流水》、《谢大光散文》、《谢大光序跋》等。

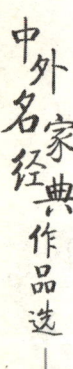

守望峡谷

周涛

> 我也在守望着,没有奇迹,并且终生也休想像胡蜜花这样被无关的外人如此热心地关心过命运,哪怕只是假想,哪怕只有半天。

在峡谷的大拐弯处,怒江水像一大群正在参加世界杯赛的摩托车选手似的,优美而惊险地作弯道侧压,把箭一般直射的速度拧弯——而且拧得这样漂亮,大概只有怒江。它似乎并不怎么"怒",却有一种大回环的稳健之美。

金沙江不是这样,金沙江被挤压在两岸陡壁之下,清纯澄碧但不显得单纯,它有一股寒凉的怨气。

澜沧江呢?澜沧江以两岸浓密的热带雨林,以榕树的苍迈、樟树的灰斑、橡胶林的婷婷和藤缠树、树缠藤的亲密状造成一种傣族少妇的气质。

独龙江——它给我的印象并不像他的名字那么凶,而倒像是怒江的弟弟。

伊洛瓦底江作为瑞江的一部分是平凡的,但是流入缅甸之后据说长大了,变得非常迷人。我估计,他在瑞丽时只是个十一岁的小姑娘,到缅甸以后,她丰满漂亮了,像变了一个人。

这么多的江养育着云南。而且是这样一些著名的江,云南怎么能不神秘呢?这些守护神一样的江,各自都有性情独具的美妙的名字,有性格、有历史底蕴,有概括力,有婉转优美的诗意,谁起的呢?真该感谢那个人。在一个废名的只剩下编码的所谓现代社会里,凭着这样几个组合而成的美丽的字音,我们将能感到多少亲近、宽慰,品尝多少遐思和美感!

怒江的水这时变成一股一股的了,每一股都非常清晰,但合在一起又浑然组成一条江。他们从岩石上翻滚过去或盘绕过去,在江中纠缠,然后分开,被流速梳理着,又被山峡规范着,像一根粗大的多股的发辫似的,弯曲盘绕在峡谷的尖底部,并无声息。

车子停下来,谷地有风,然不甚烈。前面横跨江面的是一座桥。

桥墩的水泥柱额上,刻着暗红的四个字:亚碧罗桥。又是一个美名字!在名称问题上,这个少数民族众多的云南,总是以她特殊的选择能力超出诗人们的想象。

怒江分区总司令崔延相大校此时身着便装,指着桥对岸的半山腰说:"看,那就是我们要访的傈僳族村寨!"听他那轻松的口气,仿佛很近似的。

我一看,先在心里叫苦不迭了,望山跑死马呢。而望那山寨,黑糊糊一片眉目不清地嵌在陡峭的山腰上,既没有理想主义的光芒,也没有功利主义的诱惑，何苦要爬得满身大汗然后一无所获地回来呢？

同伴笑问："那还有什么能让你爬上山呢？"

我说："要是有个大美女在山上等着我，也许行。"

"也许……呀？"同伴们大笑起来，说没准儿真有一个呢。

不过我还是爬了，我不愿意让身体力行正在前头带路的崔司令感到遗憾。怒江的云停滞在峡谷间，不动。大片的狭长的云烟氤氲漂浮，既不掉下来，也不升上去，更没有一丝风能移动它。这是那种乖张的风景式的云，仿佛它不是真正的云而是一种固定的装饰品。它这时像是峡谷的思绪，使山峦具有了思想——起码是情绪。

我脑闷气喘，腿软得不行，不过五十分钟还是爬上去了，最后一个到达，并且拒绝了女士们的搀扶。

可是这里有什么呢？傈僳族山寨所座落的这段山腰，打个比方吧，就像一个住高楼的人家一打开门，前面就是一个没有栏杆的阳台。不比阳台宽，只需两步就会滚下山腰跌进大峡谷，而怒江，就日夜不停地汹涌地在下面等着。鸡和小孩正在这没栏杆的"阳台"上跑来跑去，狗待在更安全的地方叫着。黑黝黝的木楼，一楼住着猪和牛以及它们的粪便和臭气；二楼住着傈僳族的人们还有火塘。远处更高的山坡上，就势辟出一块块的种包谷的地，大的有半个篮球场，小的也就是个三秒区，你很难相信这些巴掌大的陡坡，就养活着傈僳人的身家性命。

水呢？

仰首在天上，在天空中那些云的脸色里；低头在谷底，在怒江千年万载川流不息的巨大洪流中。两个都够不着，却都离得很近，像是上帝在惩罚那位抬头吃不上果子低头喝不上水的神，馋着你。傈僳族人啊，包谷啊，是什么力量把你们逼到这样尴尬的生存绝境里的呢？又是什么力量使你们在这样比"吃土豆的人"更艰难的环境里顽强生存呢？

（现在我愿意招认，并在招认中求得宽谅：由于我的浅薄无法洞悉历史的罪过，也由于我找不出答案，更由于我虽然号称诗人而实质上并未摆脱世俗的傲慢与偏见，我的脑子里当时抖落出"落后民族……"这样的词。他一闪，我就感到这样简单的结论是专横的，非人的，但是为这样的东西羞愧却是今天的觉悟。）

居高而临下，傈僳人世世代代正是这样生活的，生活在数百米的陡坡上，悬在空中，守望着这座巨大的空寂的仅次于科罗拉多的大峡谷。

这就像是一座空剧场，剧中人坐在包厢里，看着本该自己去演出的剧目，没有观众。

演出者观看一出不可能开场的戏，那么他（她）们守望和等待的究竟是什么呢？

一个民族的这种生存态势令人不寒而栗。是谁把这么重大的一个有关人类生存的哲学命题如此强烈地推到了这些茫然无知的人们身上了呢？碗里有煮包谷粒，墙上有弃置不用的发黑的弓弩，而几百米之下，怒江峡谷上的亚碧罗桥静静地期待着，在峡风中抖动着铁链……彼岸正是峡谷的另一面。

这时，大美人出现了——她的狗正狂吠时，木楼的一角处出现了她。她仅仅用手势便制止了那凶猛的狗，然后对我们歉意地嫣然一笑。她衣衫褴褛，而且还带了一顶旧式布军帽。她的身上几乎是布满了孩子——手里牵着一个,胸前奶着一个,背后系着一个。但是正是在这样一个被贫困、落后、蒙昧紧紧围困着的女体上,掩饰不住的光芒似的闪出了美的力量。

只需一眼,你便可以认定她是美的。

然后当你坐进她一贫如洗的家里,面对唯一的木床和火塘里的灰烬,你望着她和她的孩子,语言不通,眼睛黑亮。她非常自然和安详,仿佛这一切都属于她而其实并不属于她,她似乎属于别一世界,这些都是借来的,暂时的。

她很少说话,只是有时微微一笑。但是你能感到她对一切都是理解的,完全懂得,因为从她美丽的眼睛里,流露出坦然的端庄和自然。她那最大的小女孩只有五岁,躲在她身后,她好奇而害怕,她轻声地对她耳语,鼓励她。

我们既不是出于怜悯也不是降低标准,应该承认,她的确是天生丽质。关于这一点,我们同行的三位分别来自广州、北京、成都的年轻女作家都承认,虽然她们也各具风采,而且穿戴得光彩照人,但是她们说"思蜜纽才是天生丽质"。

思蜜纽就是她的名字,她二十三岁已经生了三个孩子。

最大的那个女孩叫胡蜜花,五岁,睁着一双新奇略带恐慌的大眼睛。那眼睛,既使在最昏暗的角落里也能发出光亮!这小姑娘正是她母亲的原型,对照着一看,你就明白血统中的美丽是怎么承袭的,美这种价值连城而又无法购买的品质是怎样对一些人高度吝啬却在另一些不太需要它的地方默默浪费着……胡蜜花真是可爱得令人辛酸呀。

我想开玩笑,但是我知道我开的玩笑是真的愿望。我说,把这个小姑娘带走吧,你们可以代表命运,给她一个全新的世界!用最好的文化教育她,让她隔两年换一座城市,领略整个中国的风土和文明,像栽培一棵好树苗那样,像科学家进行某种试验那样,胡蜜花将会成为一个什么样的人呢?

让她改变命运,摆脱她母亲留给她的生活轨道,当然仅仅是我们这些外来人的假想,没什么实际意义。但是这种假想刺激了我们的想象力,小姑娘的聪明可爱又为这些想象力提供了无穷的可能性。

无疑,她会长成一个出类拔萃的骄傲的美人儿,会使京华子弟为之倾倒。她举止高雅,天分独具,以她的聪明兴许是个美丽的天才也保不定,没准儿正是一个时代的奇葩呢!那时她长大了,她会说"我生在怒江峡谷,我其实是傈僳人!"这会使她更神、更有魅力。

我们就这么做着"解救"胡蜜花的白日梦,完全不着边际,一厢情愿,但却兴高采烈跟真的一样,胡蜜花呢?睁着一双大眼睛惊奇地望着我们,有时也跟着笑起来,笑得很好看。她不知道我们在说些什么,但她知道我们说的事情跟她似乎有关,她专注地听着,但不明白。

不知谁说了一句"她妈妈才不会让人把她从身边带走呢,别说北京,华盛顿也不行!"这是一句老实话,我们看思蜜纽,思蜜纽浅浅地笑着。她懂,但她乐意让我们高兴一会儿,什么也不说。

但是……我想,这仅仅是一群异想天开的作家们开玩笑吗?

这里面难道没有含着人们对命运如此残酷的不公所抱的不平和妄图改变这些而激起的幻想么?当肥胖的痴呆儿在北京街上撒娇,聪明可爱的胡蜜花正用她天然纯洁的眼睛——守望峡谷。她注定将守望一生，面对这空茫寂静的一座大屏障。

一切奇迹都不可能发生。

更深刻的疑问恰恰在这里：难道我们的遐想一旦可以成立，小姑娘胡蜜花的一生就会是幸福的么？这一切是我们可以给予和保证的吗？

那么，我们本身是幸福的吗？

我们面面相觑，胆寒彻骨。

一个更为巨大的峡谷突兀地从心里升起来，巨大而且空洞，岁月的流水也正从一座类似亚碧罗桥的铁桥之下穿过，作大回环，也无声无息，把此岸和彼岸隔开，望过去很近，但醒着是总也走不到。

我也在守望着，没有奇迹，并且终生也休想像胡蜜花这样被无关的外人如此热心地关心过命运，哪怕只是假想，哪怕只有半天。

后来，我们当然下山了，沿着原路，慢慢下，回头望过去，思蜜纽"披挂"着她的三个孩子，一直站在木楼角上，目送我们。

记住亚碧罗桥，我想，十年以后或者更长的时间，有谁假如恰好乘车沿着怒江行驶，恰好停车在一座刻着暗红字迹的亚碧罗桥边休息，当然，恰好还读过我写的这篇散文，那么请过桥，别嫌麻烦爬上对面的山腰，到那座傈傈人的寨子里去，替我们看看一个名叫胡蜜花的女人和她的母亲思蜜纽。

她们非常美丽。

风景卷

心香一瓣

生存不易,生活中有着太多的无奈。

人生本来就很艰辛,太多的门槛挡在我们前进的路上。但只要跨过去,它们就是一扇扇通往成功的机会之门,跨不过去,它们就是一道道折磨自己的坎儿。

或许我们无法改变自己的出生环境,但可以选择改变自己的心情,改变自己脚步行走的方向。只要坚持,只要守望心底的信念,就会拨云见日,处处安乐。

[作者简介]

周涛(1946—),当代著名诗人、散文家。祖籍山西,生于北京,1955年迁居新疆。现为兰州军区创作室主任、一级作家,新疆文联副主席、作协副主席。著有诗集《神山》、《野马群》,散文集《稀世之鸟》、《游牧长城》、《兀立荒原》等。

月光下的探访

李汉荣

如果人真有来生，我希望我来生只是一只太阳雀鸟或知更鸟，几粒草籽、几粒露水就是一顿好午餐。然后我用大量时间飞翔和歌唱。我的内脏与灵魂都朴素干净，飞上天空，不弄脏一片云彩，掠过大地，不伤害一片草叶。

今夜风轻露白，月明星稀，宇宙清澈，月光下的南山显得格外端庄妩媚，斜坡上若有白瀑流泻，那是月辉在茂密青草上汇聚摇曳，安静，又似乎有声有色，斜斜着涌动不已，其实却一动未动，这是层出不穷的天上雪啊！

我爬上斜坡，来到南山顶，是一片平地，青草、野花、荆棘、石头都被月色整理成一派柔和，蝈蝈弹奏着我熟悉的那种单弦吉它，弹了几万年了吧。这时候曲调好像特别孤单忧伤，一定是怀念着它新婚远别的情郎。我还听见不知名的虫子在唧唧夜话，说的是生存的焦虑，饥饿的体验，死亡的恐惧，还是月光下的快乐旅行？在人之外，还有多少生命在爱着、挣扎着、劳作着、歌唱着，在用它们自己的方式撰写着种族的史记。我真想向它们问候，看看它们的衣食住行，既然有了这相遇的缘分，我应该对它们提供一点力所能及的帮助，它们那么小，那么脆弱，在这庞大不可测的宇宙里生存是怎样的冒险，是多么不容易啊。然而，常识提醒我，我的探访很可能令它们恐惧，最大的帮助就是不打扰它们。慈祥的土地和温良的月光会关照这些与世无争的孩子的，这么一想我心里的牵挂和怜悯就释然了。

我继续前行，我看见几只蝴蝶仍在月光里夜航，这小小的宇宙飞船，也在无限地做着短促的飞行，在力所能及的范围内探索存在的底细，花的底细。此刻它们是在研究月光与露水相遇，能否勾兑出宇宙中最可口的绿色饮料？

我来山顶西侧的边缘，一片树林寂静地守着月色。偶尔传来一声鸟的啼叫，好像只叫了半声，也许忽然想起了作息纪律，怕影响大家的睡眠，就把另外半声叹息咽了回去——我惊叹这小小生灵的伟大自律精神，但我想它的灵魂里一定深藏着我们不能知晓的智慧。想想吧，它们在天空上见过的世面啊。它们俯瞰过，超越过多么多的事物，它们肯定从大自然的灵魂里获得了某种神秘的灵性。我走进林子，看见一棵橡树上挂着一个鸟巢。我跂起脚尖，发现这是一个空巢，几根树枝一些树叶就是全部的建筑材料，它该是这个世界最简单的居所了，然而就是它庇护了注定要飞上天空的羽毛；那云端里倾洒的歌声，也是在这里反复排练。而此时它空着，空着的鸟巢盛满宁静的夜光，这使它看上去更像是一个微型的天堂。

如果人真有来生，我希望我来生只是一只太阳雀鸟或知更鸟，几粒草籽、几粒露水就是一顿好午餐。然后我用大量时间飞翔和歌唱。我的内脏与灵魂都朴素干净，飞上天空，不弄脏一片云彩，掠过大地，不伤害一片草叶。飞累了，天黑了，我就回到我树上的窝——我简单的卧室兼书房——因为在夜深的时候，我也要读书，读这神秘的寂静和仁慈的月光。

心香一瓣

人类和生物都是大自然的杰作,但生物却"在爱着、挣扎着、劳作着、歌唱着,在用它们自己的方式撰写着种族的史记",而我们人类呢?

千百年来,人类历史上演了多少幕残杀争夺的故事!对于自然界,人类也同样试图征服,总是不尽地索取……可以说,人类的贪念,是人类未曾与大自然和谐相处的根源。

"人法地,地法天,天法道,道法自然。"人类应该像自然界其他生物一样,懂得知足,学会与世无争,与大自然和谐相处。

[作者简介]

李汉荣(1958—),著名诗人、散文家、中国作家协会会员。笔名牧童、林中河,陕西勉县人。现任陕西省《汉中日报》社编辑。著有诗集《驶向星空》、《母亲》、《想象李白》,散文集《与天地精神往来》等。

西藏大地（节选）

马丽华

山野上苍茫无际的阳光季风丝丝缕缕地剥蚀了岁月，干涸着生命。这生命，不光是哪一个人的，不光是哪一群人的，生命是一种泛指。所有的。

山是大山，川是大川，青藏高原这片荒寒的高原大陆就由这些大系山水所组成。用心地想一想，全世界哪里还能见到比它们更加浩瀚些的崇山峻岭了呢？尤其是，连脚下的地平线都已遥遥地高出海平面几千米，成为世界高极。我喜欢视野里充满山的时候，喜欢从几乎所有可能的角度端详它们：平视，俯瞰，仰望；喜欢看它们在各种光影里：朝晖里，迟暮里，光天化日下；喜欢以各种方式：乘车或徒步，去尽其所能地穿越和跋涉过它们。在藏十七八年，以山为伴。

——它是焦干的……

在不经意时，我总是习惯于用北方母语自语。焦干这方言用在眼下刚好合适——不错，它是焦干的，焦干而茫茫。

山野上苍茫无际的阳光季风丝丝缕缕地剥蚀了岁月，干涸着生命。这生命，不光是哪一个人的，不光是哪一群人的，生命是一种泛指。所有的。

智者说，水是最好的。幸好有了这些奔流不息的水。它们总在山与山对峙的峡谷和平川上要么平缓要么急急地经过。不舍昼夜，而且永不回返。凝神于流水的人，终将成为智者。它们不舍昼夜永不回返地远程奔走着，直至海洋的怀抱。沿途，它们就汇集了两岸永不止息地涌流而下的雪水、雨水和泉水。亘古以来雨雪泉水的冲刷就这样渐深渐宽了纵横交织的山谷。深深浅浅，枝枝蔓蔓，天造地设出这样一个自然环境。人类悄悄地出现并植根于这些大山的皱褶中——那种令我多年来感慨不尽的生命和生活之流正从谷底静静地流淌开来，这生命与生活的原汁呵！我所到过的那许多村庄，无一不坐落在水经过的地方。我总是从这一山谷，进入另一山谷。涉过这一条河，走向另一条河。

近两年来，我这样穿梭奔走于西藏中部的拉萨、雅鲁藏布江山野水流之间，访问着越来越熟悉的村庄和人们。那些山野不再是一扫而过的彼此类同的，不再是纯粹客体的漠不相关的。某种共同和共通维系着我的情感和视线。探求与整理这一地区的文化现象对我来说无疑很重要，不然何以急切向往并兴致勃勃地走近那些村庄和房屋呢？这是一股重要的动力，在民俗学家和人类学家没能张望过的地方，先人一步地去领略少为人知的生活存在，无疑是一种优厚待遇的被赐予。然而——

意义不止于此。至少最终和最高的意义不止于此。对我来说，必经的过程要比目标的到达更富有魅力和乐趣——为何对某一现象和行为兴趣浓厚，它们因何感召了我，从哪里获知线索，用何种方式从流至源，经由哪些人们去明了它，由此又牵扯出哪些未知问题，引我走向哪些更纵深的阡陌歧途……

更不待说这些神奇的事物是以我长久感到新鲜的思维方式和语言方式来表现和表述的——我对于西藏民间的全部知识，差不多都是通过藏语获得的。富有表现力的藏语格外悦耳，格外奇崛，抑扬顿挫有如峭崖陡壁；而操藏语者无不健谈，又如同汩汩不歇的江河水流。访谈的时候正是神思飞扬的时刻，一些能够捕捉到的单词脱离它本来的轨迹去引领思想天马行空。简单的翻译提示，就使心领神会，引申联想，举一反三。在那种时刻，就想到自己是存心不肯去精通这门语言的了。

更何况在这一过程中，能够有缘分与那样一些泥土里生长起的人们相逢，从一些表象入手，一度参与了他们的生活。在那里，最神秘的也是最明朗的，最繁琐的也是最单纯的，最平凡的也是最神圣的，最无心的也是最难以忘怀的。

也终于走进了最神奇最玄奥的超验世界。

一度加入了群舞与合唱的行列。

心香一瓣

西藏的山川，西藏的水流，西藏的语言文化，就如同奔腾不息的江河一样带给人们不尽的遐思。

西藏的天空，是迷人的，永远闪烁着星星点点的谜光，牵动着人们的思绪，激发着人们探索的好奇心。

西藏的大地，是沉静的，如同晨钟暮鼓，永远述说着关于生命和岁月的亘古悠扬的慧语……

[作者简介]

马丽华（1953— ），作家。1990年毕业于北京大学中文系作家班。历任《西藏文学》编辑，西藏文联专业作家，西藏作家协会副主席，中国藏学出版社总编等。著有长篇报告文学《青藏苍茫——青藏高原科学考察五十年》，散文集《追你到高原》、《终极风景》、《西藏之旅》，诗集《我的太阳》，长篇散文《藏北游历》、《西行阿里》、《灵魂像风》、《走过西藏》（合集）等。

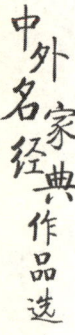

在怀柔看山

王 干

怀柔的山,算不上妩媚,尤其是冬天,青色褪去,甚至有点苍黄,但并不荒凉,更不单调,每座山都有自己的姿态,决不重复,不远处红螺寺的亭峰熠熠生彩,红螺湖水碧波轻漾,待春回大地,这里更是如锦似绣。

四个窗户里,都能看到山。这是我在怀柔居所里的一大景观。

看到山,感到踏实,感到稳重,感到离天地那么近。我出生在苏北里下河平原上,从小没见过山,不知道山长成什么模样。我生在一个叫茅山的小镇,据说茅山曾经有座山,但等我前些年去茅山时,茅山的山在"文革""学大寨"时被夷为平地了。只是山下的庙尚在,香火犹存。

上中学时,到泰州泰山公园去玩,满以为会见到山,后来发现只是公园的地势比一般的地方高。还是没有见到想象中的山。第一次见到山,是在镇江的金山和焦山。对于生活在长江北岸的人来说,镇江的金山和焦山就像一个遥远的传说,很亲切,但不那么容易接近。这遥远,这传说,是由流传多年的白蛇娘娘、许仙、法海的故事造就。等我登上金山和焦山,发现长江两岸的距离是那么的近,江北的平原一线展开,而江南的远处则山连着山。

扬州人爱山,在蜀岗周围建了平山堂,而在著名的瘦西湖则有"小金山"的景观。平山之"山",小金山之"山",都是长江对岸借镇江的山景。高邮和泰州一样,也有泰山,但不是公园,而是泰山庙。泰山庙又叫文游台,在高邮读书和工作期间,我最爱的去处,便是这泰山庙,站在泰山庙的最高处,西望高邮湖上的点点白帆,东观一望无际的里下河平原,确实有登泰山小天下的壮观。

到我结婚的时候,我们夫妇俩和几个同学骑自行车来到了扬州北郊的天山,这天山和新疆的天山比起来不是小巫见大巫的问题,而是一滴水与大海的关系。不过这天山和苏中地区的山相比,确实可以称得上是山,因为这山有石头,不是土山,山下还有采石场。更重要的是天山不是我见到在公园的山,它是自然的存在,没有人为的痕迹,用今天的话说,是原生态的。这天山又叫神居山,传说当年尧在此居住过,并且用天山的石头创造了围棋这样伟大的文化。我回忆婚姻时,总能想到那次登山的快乐。

第一次到北京打动我的居然是山,在去八达岭的路上,我第一次看到了北方的山,我知道了什么叫雄浑,什么叫力道,那些绵延的山是立着的,是张开胸膛的,我喜欢。当时我写过诗,来记录这感受,一个来自水乡的孩子,对北方群山的景仰和震撼。

等我到北京工作，才发现北京城里没有山。唯一的一座山是景山，还是人工堆起来的。但在北京的背后，有郁郁苍苍的燕山山脉。一个天气晴朗的上午，我从单位小街天桥上路过，抬头一看，居然看到了清晰的西山仿佛近在咫尺，再往北看去，在城市的边沿，一脉青山生动如画。这是北京的山，这是来自怀柔、昌平的山，是北京的围墙。

我下决心要亲近这些山，要近距离接近它们，靠近它们。2007年的夏天，我的梦想成为现实，我可以在居所里自由地阅读山，感受山，出门不久，穿过一片庄稼地，还可以登山。辛弃疾的词里说，"我见青山多妩媚，料青山见我应如是"。怀柔的山，算不上妩媚，尤其是冬天，青色褪去，甚至有点苍黄，但并不荒凉，更不单调，每座山都有自己的姿态，决不重复，不远处红螺寺的亭峰熠熠生彩，红螺湖水碧波轻漾，待春回大地，这里更是如锦似绣。

我把居所起名为观山居，为观山而居，居而观山，山入我眼，山入我胸，更入我心。四扇窗户，四个角度，四种山貌，若日光流转，山色因时而变，景色因云而生，步步景不同，时时换意境。我入山中，山化我心。

饿了，到村里吃碗水饺，来张煎饼，村民并不客气，钱照收，但绝不多收。再去时，招呼一声，又来了，跟上次一样，我点点头，吃完，交钱。看门的狗，熟了，懒得对我再表示亲热，在阳光下酣睡。

没有电视看，也没有网上，我的眼睛远离这些视觉暴力的压迫，在山色之间找到愉悦和轻松。当然，书还是要看的，但几乎全是过去看过的书。幻想自己是个古人，看山，读书，偶尔写作，也不用电脑，用笔和纸。不是逃避现代生活，也不是冒充自己有多高雅，也无心当隐士，而是真正的休闲。眼睛闲了，心也会慢慢静下来。

心香一瓣

找一方净土、沏一壶茶、捧一本书,静静地坐在窗前,用心领略书中的风景、书中主人公的悲欢离合,那是一种人生至高的享受,不用理会世间纷扰的俗事、不用理会生活的烦扰,眼中只有书、只有那一份独属于自己的快乐。

作者简介

王干(1960—),江苏泰州人。曾任《东方》文化周刊主编,现任人民文学出版社编审、《中华文学选刊》主编。中国当代文学研究会理事,中国文艺理论学会理事。《王干随笔选》2010年获第五届鲁迅文学奖。代表作有《王蒙王干对话录》、《静夜思》、《世纪末的突围》、《另一种心情》、《灌水时代》、《潜京十年》等,策划过《大家》等文学刊物。

雪

祝勇

我在一片寂寞中感受生命的怡静与温馨，逝去的梦境再度重现，凋谢的热情开始复苏，而那一瓣六角雪花，自天空落下来，"咝"地一声，就在我滚热的心窝中融化了。

雪满山野，总会令我想起国画里的留白。王摩诘画山而不见云，齐白石画虾而不见水，那留出的空白，便是云，是水。与西画比较起来，国画手法最简洁，而意蕴却最丰厚。每当雪至，五色杂陈的世界只剩下黑白两色，山川大地便成了落笔简约的国画，环境纯粹了许多，心灵也就跟着纯粹了许多。

所以，雪来的时候，我的心中总是充盈着几许淡淡的欢愉。倘在山中，那感觉应更好。黎明于客舍醒来，心中纳罕天缘何亮得这般早,披衣行至院中,发现大雪早已没膝。呼啸了一夜的北风不知何时悄然而止,空气清新如琼浆,天气文静如熟睡的少女,崖上翠柯,溪上板桥,无一不穿上白袍,只有岩上麻雀,傻兮兮地立着,黑得可爱。

于是,柳宗元的"千山鸟飞绝,万径人踪灭。孤舟蓑笠翁,独钓寒江雪"便禁不住从口中滑脱而出,那种深邃的意境遂将自己浑身浸透。这时的内心纯净得就像白纸随时等待着思想的浓墨染出幽美的图影。

大雪封山,路是走不得了,喝罢老板亲熬的热汤,便于窗下慵读一卷《聊斋》。这或许是另一种形式的行路罢。读得倦了,便再去访雪。周遭静无声息,而脚底踏出的咯吱声,好似雪地轻柔的言语,令我感到亲切和愉悦。

我之看雪,是看它的银白空蒙,于无色中想象有色,于无形中揣测有形,于生命中体味凛然的生命力,任思维的雪橇怆然划向岁月深处,去领略世界的无涯与多姿。有人写道:"能欣赏荒寒幽寂的人,必定具有一种特殊的素质,那是一种顽强的生命活力,那是一种兀傲不驯的人格力量。"古人常从孤寒寂寞之中酝酿出一种生命的诗情。北宋书院中,不乏以空山荒寺、寂寞无人之境为主题的画作。我曾在一家博物馆的《江寒独钓图》前伫立良久,沃雪千里,地老天荒,只有孤影一片,篷舟一叶,境界何其寂寥;然而,我看到的不是生命的渺小与哀苦,相反,却是挺拔的灵魂与不屈的意志。一如明人胡应麟所说,"独钓寒江雪,五字极闹",这个"闹"字很刁,一下子就点化了柳公《江雪》一诗中昂扬的活力。所谓的枯寂,不过是一种表象。君不见恍若轻绸的溪泉正在冰雪下面漾动,诱人的芭蕉正在雪天里挺立，而渚上的小舟，亦正在无声中悠然地划行。或许，只有雪天的凄冷方能反衬人心的温热，只有雪野的空旷，方能凸显生命的充实，那片苍茫空阔，并非一无所有，而是国画中的留白，意味深远。我钦佩胡应麟，他分明是将柳宗元心底的世界，玩味透彻了。

  记忆深处的大雪无边无际，静默如诗。我就站立在雪地里，默默地伫望着。我在一片寂寞中感受生命的怡静与温馨，逝去的梦境再度重现，凋谢的热情开始复苏，而那一瓣六角雪花，自天空落下来，"咝"的一声，就在我滚热的心窝中融化了。

心香一瓣

　　雪是大自然的天使,纷纷扬扬洒向天际,像无尽的祝福,像绵长的问候……

　　雪为大地带来春的生机、夏的美丽、秋的遐想、冬的情意。每一片雪花,就是一个跳动的音符,交汇在一起,写就成华丽的乐章,奏出动听的旋律,传递出深厚的情意。

　　若心灵也能如雪花般纯洁、晶莹,该有多好呀!但愿雪儿能够落进每个人的心田,滋养出美好的情操。

[作者简介]

　　祝勇(1968—),作家、散文家。1991年开始发表作品。1998年加入中国作家协会。历任时事出版社编辑部编辑、副主任。现为北京作家协会签约作家、《中华遗产》杂志编委。著有《与梦相约》、《用心灵守候你》、《忧郁扎成鲜花》、《文明的黄昏》、《驿路回眸》、《智慧的痛苦》等。

夜宿泉州（节选）

郭风

呵，我仿佛触摸得住一幅地图：在这上面，泉州，你好像林荫中的一朵金玫瑰，披着月色在那里闪光，发出深沉的香味。

温馨的、有点潮湿的、南方的夜降落在城市的林梢和屋檐前。一枚新月好像一朵橘子花，宁静地开放在浅蓝色的天空中。

城市在闪耀着它的宝石似的光辉，散发着豆蔻一般的香味。泉州，你经历过多少风险，珍藏了这样多的瑰宝？呵，那林立的碑坊，那雄伟的东塔和西塔，那开元寺紫云大殿后面希腊哥林多式的廊柱雕刻，大殿前面平台基石上古埃及式的人面兽身的浮雕，那以青色花岗石建筑的、具有古叙利亚建筑风味的清真寺……它们怎样越过时间的长河，掩映在你的林荫中，在月色里默默地沉思？

轻风从旅馆的窗口悄悄地吹过。呵，那风中仿佛吹来大海的凉气和港湾里夜潮的喧腾。泉州,时代过去了,我仿佛还能看见你的港湾里布满古代的船舶。那从波斯湾和印度洋出发的帆船的队伍,它们照着太阳上升的方向,来到你这里。

那从婆罗洲和摩鹿加群岛出发的商船的队伍,借着大洋的季风,鼓起它们的风帆,来到你这里。泉州,时代过去了,我仿佛还能看见你的仓库里堆满各色的货物,笼罩着乳香和没药、咖啡和可可、檀香和蔷薇水的香味。我仿佛还能看见在你的码头上,在你的街道上和小巷里,横过绿色的稻田,走动着世界上各种肤色的人们;呵,那从西里伯群岛前来的旅队,身上还披着热带太阳的芬芳和明月的光辉,我仿佛还能看见那从亚历山大港来的水手,给你带来非洲地带的爱情和音乐,那从恒河流域前来的僧侣,给你带来印度梵文的佛典,那从波斯湾沿岸前来的商人,给你带来菠菜的种子,撒在你的河边和田野里……呵,那还是人类航海的黎明时期,越过漫长的中世纪。

泉州,在长久以前的时期,你便是世界海岸的一个中心。在漫长的历史年代里,中外文化的交流,在这里开放美丽的花朵。呵,我仿佛触摸得住一幅地图:在这上面,泉州,你好像林荫中的一朵金玫瑰,披着月色在那里闪光,发出深沉的香味。古老的城市!南方的四月的夜晚,是多么的甜蜜呵。这个晚上,我想,我是不想睡觉了。泉州,让我站立在这窗口,永远守望着你。我想,我不是这里的过客,我好像是世代生长在这里的;我爱这里的一切。泉州,我缅怀你的过去,我千百倍的爱你的今天!呵,在传说中曾经开放过雪白的莲花的古桑树呵(泉州开元寺有一棵古桑树,从唐代活到现在,犹枝叶茂盛。民间传说,它曾开过白莲花。),你正是见证:

泉州，今天是变得更加美丽了。

我看见学校的窗户，像开放在花棚上的紫藤花一般地开放着，那灯光像海面上的渔火一样地闪耀。我看见华侨新村的房屋和它的阳台，建筑在斜坡上，周围围着竹篱，又被古老的龙眼树林的夜色所环绕。我看见梨园戏剧团的楼房，紧靠着郊区；向前走去，那里有美丽的河流和古老的石桥。我看见车站灯火辉煌，最后一班的班车已经到站了吗？有亲爱的海外侨胞搭这一班车到家乡来省亲？我看见郊外的田野有如海洋，四月的麦浪在明月下有如海波在荡漾。我看见果园有如蜂房，花在结果，果在酿造甜汁。我看见烟囱的手臂伸到明彻的夜空，我听见厂房里的轮子和压榨机在唱着新的歌……呵，这一切，都是我所爱的，让我歌唱这芬芳的土地上新的爱情，新的建设，树立起来的新的纪念碑！

让我伸出手来，把你整个抱在我的两臂里：

泉州！晚安！

心香一瓣

月华如水，泉州是那样明丽、深邃。

一座城市，一个记忆，一段历史。城市的魅力，不仅来自于建筑，更来自于其所浸透的历史文化气息。

爱一座城市，首先要爱它的厚重历史，爱它的文化底蕴。

[作者简介]

郭风（1917—2010），儿童文学作家、散文家。原名郭嘉桂，回族，祖籍福建莆田。历任中国作协理事、福建省作协主席、中国散文诗学会会长等。著有童话集《木偶戏》、《火柴盒的火车》等，散文集《小小的履印》、《搭船的鸟》、《洗澡的虎》等。他的作品多以动植物和日月风云为抒写对象，被誉为"大自然的歌手"。

生活在大自然的怀抱里（节选）

[法] 卢梭　程依荣 译

我陶醉于这些伟大观念的混杂，我喜欢任由我的想象在空间驰骋；我禁锢在生命的疆界内的心灵感到这儿过分狭窄，我在天地间感到窒息，我希望投身到一个无限的世界中去。

为了到花园里看日出，我比太阳起得更早；如果这是一个晴天，我最殷切的期望是不要有信件或来访扰乱这一天的清宁。我用上午的时间做各种杂事。每件事都是我乐意完成的，因为这都不是非立即处理不可的急事，然后我匆忙用膳，为的是躲避那些不受欢迎的来访者，并且使自己有一个充裕的下午。即使最炎热的日子，在中午一点钟前我就顶着烈日带着小狗芳夏特出发了。由于担心不速之客会使我不能脱身，我加快了步伐。可是，一旦绕过一个拐角，我觉得自己得救了，就激动而愉快地松了口气，自言自语说："今天下午我是自己的主宰了！"接着，我迈着平静的步伐，到树林中去寻觅一个荒野的角落，一个人迹不至因而没有任何奴役和统治印记的荒野的角落，一个我相信在我之前从未有人到过的幽静的角落，那儿不会有令人厌恶的第三者跑来横隔在大自然和我之间。那儿，大自然在我眼前展开一幅永远清新的华丽的图景。金色的染料木、紫红的欧石南非常繁茂，给我深刻的印象，使我欣悦；我头上树木的宏伟、我四周灌木的纤丽、我脚下花草的惊人的纷繁使我眼花缭乱，不知道应该观赏还是赞叹：这么多美好的东西竞相吸引我的注意力，使我在它们面前留步，从而助长我懒惰和爱空想的习惯，使我常常想："不，全身辉煌的所罗门也无法同它们当中任何一个相比。"

　　我的想象不会让如此美好的土地长久渺无人烟。我按自己的意愿在那儿立即安排了居民，我把舆论、偏见和所有虚假的感情远远驱走，使那些配享受如此佳境的人迁进这大自然的乐园。我将把他们组成一个亲切的社会，而我相信自己并非其中不相称的成员。我按照自己的喜好建造一个黄金的世纪，并用那些我经历过的给我留下甜美记忆的情景和我的心灵还在憧憬的情境充实这美好的生活。我多么神往人类真正的快乐，如此甜美、如此纯洁，但如今已经远离人类的快乐。甚至每当念及此，我的眼泪就夺眶而出！啊！这个时刻，如果有关巴黎、我的世纪、我这个作家的卑微的虚荣心的念头来扰乱我的遐想，我就怀着无比的轻蔑立即将它们赶走，使我能够专心陶醉于这些充溢我心灵的美妙的感情（然而，在遐想中，我承认，我幻想的虚无有时会突然使我的心灵感到痛苦。甚至即使我所有的梦想变成现实，我也不会感到满足：我还会有新的梦想、新的期望、新的憧憬。我觉得我身上有一种没有什么东西能够填满的无法解释的空虚,有一种虽然我无法阐明,但我感到需要的对某种其他快乐的向往。然而,先生,甚至这种向往也是一种快乐,因为我由此充满了一种强烈的感情和一种迷人的感伤——而这都是我不愿意舍弃的东西)。

我立即将我的思想从低处升高,转向自然界所有的生命,转向事物普遍的体系,转向主宰一切的不可思议的上帝。此刻我的心灵迷失在大千世界里,我停止思维、我停止冥想、我停止哲学的推理;我怀着快感,感到肩负着宇宙的重压。我陶醉于这些伟大观念的混杂,我喜欢任由我的想象在空间驰骋:我禁锢在生命的疆界内的心灵感到这儿过分狭窄,我在天地间感到窒息,我希望投身到一个无限的世界中去。我相信,如果我能够洞悉大自然所有的奥秘,我也许不会体会这种令人惊异的心醉神迷,而处在一种没有那么甜美的状态里;我的心灵所沉湎的这种出神入化的佳境使我在亢奋激动中有时高声呼唤:"啊,伟大的上帝呀!啊,伟大的上帝呀!"但除此之外,我不能讲出也不能思考任何别的东西。

心香一瓣

卢梭笔下的大自然,是清新、宁静、优美的。有宏伟的树木,有纤丽的灌木,有金色的和紫红的植物,还有纷繁的花草,五彩缤纷,瑰丽无比。

"为了到花园里看日出,我比太阳起得更早。"为了用美好的心情迎接和大自然亲近的那一刻,他匆匆忙忙处理其他事情,这是怎样的一种虔诚与期待的心情!

"没有谁能够阻挡你对自由的向往,天马行空的岁月,你的心了无牵挂……"这让人不由地想起了许巍的歌曲《蓝莲花》。心若在,梦就在。

作者简介

卢梭(1712—1778),法国启蒙思想家和文学家,18世纪法国大革命的思想先驱,启蒙运动最卓越的代表人物之一。代表作有《论人类不平等的起源和基础》、《忏悔录》、《新爱洛绮丝》、《民约论》、《爱弥儿》等。

西敏寺漫游

[英] 艾迪生

当我看到伟大人物的墓碑时，我的羡慕情绪就一扫而光；当我读到优美的墓志铭时，我的奔放感情就骤然消失；当我在墓碑上发现父母的忧愁时，我的内心就要产生无限惋惜；而当我瞧见他们的墓穴时，我就思忖，哀伤何益？其实，我们很快也要随他们而去。

每当我要作严肃的沉思时，我就经常独自到西敏寺去散步。那里的阴暗，教堂中一切用物，巍峨庄严的建筑和长眠在那里的人们，种种情景，都易使人心中充满悲戚，但也会勾起令人愉快的遐思。昨天，我在教堂的庭院里，在那些修道院和礼拜堂中，消磨了整个下午。在几个墓葬区，看看那些墓碑和墓志铭，倒也是一种消遣。

墓志铭大多除了记载死者生年忌日之外，并没有别的内容，其实这已经就是死者的平生，为人类所共有的。我只能把这些人生的记载，无论是刻在铜牌上或是大理石上，都看做是对于这些作古的人们的一种讽刺；他们没有留下什么纪念物，留下的仅是他们的生与死。他们令我想起英雄史诗中征战的勇士来，他们之所以被歌颂，也许只因为他们被杀戮；他们之所以被人纪念，也许是因为他们被杀戮；此外别无其他原因。

格荡卡斯、梅通塔克、塞西洛恰克等人的一生，在《圣经》中，足与圣贤同受尊重，这些英雄如今又安在哉？！

我一走进教堂，就十分欣赏掘墓时的情景，在每一锹的抛撒中，我都看见成型的新泥混合着骸骨和颅盖的碎片。这种碎片，曾几何时，还是人类躯壳的一部分。我由此想到，躺在教堂铺石下面的人何止千万，男人和女人，朋友和仇敌，牧师和士兵，僧侣与传教士都已成为齑粉，混合成一块。无论何人，优秀的、有权势的、年轻的、年老的、衰弱的、畸形的，都将毫无区别地躺在乱糟糟的泥堆中。

我曾经阅读过几本谈人类问题的大杂志，我特别注意调查矗立在那古老建筑角落里的纪念碑，有些刻着揄扬过分的墓志铭。假如死者有知，一定会因他的朋友对他的奉承而感到羞愧；也有一些又嫌谦卑过分，它们用无法理解的文字，去讲述死人的品质，死者因此长年不为人知。在有些富于诗意的地方，我发现有长眠地下的人却没有纪念碑；有纪念碑的又不是诗人。我观察到，现代战争使许多纪念碑充斥教堂，这些耸立着的石碑，都是为纪念葬身在布冷亨平原上或海洋里的人们而立的。碑下只有空穴。

当我感到我的心情处于一种严肃的欣赏中时，我就离开了我们英王的教堂，以便来日能够回味。我知道这类消遣，容易在胆怯的心灵上浮起灰暗而沮丧的思潮和幻想，我虽然常常是严肃的，但还不知道，悲哀是什么，因此，在教堂庄严而深沉的场景中，我却能有在最愉快活泼的情景里那样欢愉的心情。依靠这种方法，我就能够用那些别人害怕考虑的事物来改善自己的心境。

当我看到伟大人物的墓碑时，我的羡慕情绪就一扫而光；当我读到优美的墓志铭时，我的奔放感情就骤然消失；当我在墓碑上发现父母的忧愁时，我的内心就要产生无限惋惜；而当我瞧见他们的墓穴时，我就思忖，哀伤何益？其实，我们很快也要随他们而去。当我看见那些国君卧在推翻他们的敌人旁边时，当我看见敌对的谋士们肩并肩地躺在墓穴里时，或者想到那些用竞争和辩论把世界分割开来的神圣的人们时，我就悲哀而惊愕地回忆起人类渺小的竞赛、派系的争吵。我读着这些墓穴不同的立碑日期，有些人是昨天才死，有些在六百年前就已归天了，由此我就想到，我们这些同时代的人，最终都是要一起走到这里来的。好了，那么走到哪里你都能够找到自己最合理的生存方式。

心香一瓣

所有的过往，最终都会化作一缕青烟，消逝在历史的风尘中。但是，每个生命行走于世间的过程，绝不是一次毫无意义的旅行。

人固有一死，或重于泰山，或轻于鸿毛。我们来到这个世界，是为了不断放大自己的价值，而不是为活着而活着。

权力、地位、金钱与荣誉等等，都是身外之物，只有思想、精神才能与世长存、熠熠生辉。

伟大与卑鄙，有时就在一念之间。与其生前臭名昭著、死后遗臭万年，不如生前做一个有益于社会的人，死后流芳千古……

作者简介

艾迪生（1793—1860），英国医学家。1855年他发表了《论肾上腺疾病对全身和局部的影响》，描写了以进行性贫血、皮肤褐色色素沉着、肌肉无力、极度衰弱等为特征的疾病，即后来的艾迪生氏病，他为内分泌学奠定了基础。

太阳的话

[日] 岛崎藤村

> 然而,谁都可以拥有太阳。我们的当务之急不仅仅是要追赶眼前的太阳,更重要的是要高高举起自己生命内部的太阳。

"早上好!"

我向太阳隐身的地方致意。没有回答。今天依旧是太阳隐居的日子。

让我在这里写下一点自己记忆中的事吧。我第一次发现太阳的美,并不是在日出的瞬间,而是在日落的时刻。我已经是十八岁的青年了。当时在我的周围,虽然也有人教给我对大自然的很淡然的爱,但是没有人指示我说:你看那太阳。我在高轮御殿山的树林中发现了正在沉落的夕阳,为了分享那从未有过的惊奇与喜悦,我发狂般的向一起来游山的朋友跑去。我和朋友二人,眺望着日落的美景，在那里站立了许久许久。那时充满在我胸中的惊奇与欢乐，至今仍旧难以忘怀。

然而，更使我难以忘怀的，乃是我第一次感受到太阳在我的精神内部升起的时候。我青年时代的生活颇多坎坷不平，时时与艰难为伴，在漫长而暗淡的岁月里，我连太阳的笑脸也不曾仰望过。偶尔映入我眼里的，不过是没有温度，没有味道，没有生气，只是朝从东方出、夕由西天落的红色、孤独的圆轮。在我二十五岁的青年时代，我感到寂寞无聊而去仙台旅行，就是从那时开始，我懂得了自己的生命内部也有太阳升起的时刻。

阳光的饥饿——我渴求阳光的愿望本是极其强烈的。但是，在似亮非亮的暗淡笼罩的日子里，我也曾非常失望过。我也曾几次失去了太阳。甚至连渴求太阳的愿望也时而变得淡漠。太阳远离我而存在，在我的眼里，它的面容永远是毫无意义的，悲哀痛苦的。

然而，曾一度懂得在自己的生命内部也会有太阳升起之时的我，几经彷徨后，又回归到等待黎明的心境。不论是在每年的冬季要持续五个月之久的信浓山区，还是在好似新开垦的处女地的东京郊外的田野，或是在便于观察那城镇上空的日出的隅田川的岸边，我一直在翘盼着天明。不仅如此；在漫长的岁月里，我也曾沦为异邦的旅人。在那时，无论从宛若紫色的泥土般的遥远的海上，无论从看去如同梦境般流泄着蓝色磷光的热带地区的水波之间，也无论是在如冰的石建筑鳞次栉比、林荫树凄冷昏黑、万物仿佛全部都结冻了似的寒冷的异乡街头，我仍然在固执地盼着天明。甚至在梦中思念着遥远的日出，踏着朝霞向故乡迢迢归来。

我等待了三十多年。恐怕我的一生就要在这样的等待中度过了。

然而，谁都可以拥有太阳。我们的当务之急不仅仅是要追赶眼前的太阳，更重要的是要高高举起自己生命内部的太阳。这种想法与日俱增，在我年轻的心灵中深深的扎下了根。

现在我所想象的太阳，已经到了古稀高龄。仅就我记忆中的，自物心相合以后的太阳的年龄，如今已经是五十有三。如果加上我无从记得的从前的年龄，那么太阳是怎样一位长寿的老人，则是无论如何也无法知晓的。

人若到了五十又三的年龄，不衰老者极为少见。头发逐年增白，牙齿先后脱落，视力也日渐减弱。曾经是红润的双颊，变得就像古老的岩壁一样，刻上了层层皱纹。甚而还在皮肤上留下如同贴在地上的地苔一样的斑点。许多亲密的人相继过世，不可思议的疾病与晚年的孤独，在等待着人们。与人的如此软弱无力相比，太阳的生命力实在是难以估量的。看它那无休无止的飞翔、腾跃，以及每夜沉落不久又放射出红色朝霞的生气！真正拥有丰富的老年的，除太阳之外，更有何者！然而，在这个世上，最古老的就是最年轻的。这个道理深深的震动着我的心灵。

"早上好！"

我再一次致意。仍旧没有回答。然而我已经到了这样的年龄，而且感觉到了自己内部的太阳正在醒来，因此我坚信，黎明一定会在不远的将来光临。

心香一瓣

"人可以被打败,但不能被打倒。"成功与失败,很多时候取决于我们内心的信念。

"生命内部也会有太阳升起之时。"希望之于等待,正如太阳之于黎明。生活中不可能天天都是艳阳高照,在暗淡无光、阴云密布的日子里,我们也要学会让自己的内心照常升起太阳。

每个人的潜能都是无限的,从绝望中寻找希望,人生终究会迎来辉煌的那一刻。让希望的太阳每天都高高升起在生命苍穹的上空吧!

[作者简介]

岛崎藤村(1872—1943),日本诗人、小说家。原名岛崎春树。第一本浪漫诗集《若菜集》,开创了日本近代诗的新境界。著有小说《破戒》等。

月光奏鸣曲

[法] 马塞尔·普鲁斯特

> 月光不知为何而哭，我们也几乎永远不知道自己为何哭泣，然而月光却刻骨铭心地感觉到它那温情脉脉而又不可抗拒的绝望之中蕴含着树林、田野、天空，它再度映照着大海，而我的心终于看清了它的心。

对父亲的依恋、皮娅的冷漠、我的敌手的顽强，有关这一切的回忆和顾虑给我带来的疲惫比起旅途劳累来有过之而无不及。白天陪伴我的阿森塔跟我不大熟悉，可是她的歌声，她对我的那份柔情，她美丽的红、白、棕色混杂的肤色，那在阵阵海风中持久不散的幽香，她帽子上的羽毛以及她脖颈上的珍珠，却化解了我的疲劳。晚上九点左右，我感到精疲力竭，我请她乘车回家，让我留在野外稍事休息。她表示同意后，就离我而去。我们离翁弗勒仅有咫尺之遥；那里的地势得天独厚，背倚一堵山墙，入口处的林阴道旁有两行挡风的参天大树，空气中透出丝丝甜味。我躺在草地上，面向阴沉的天空。我听见身后大海的涛声在轻轻摇荡。黑暗中我看不清大海。我立即昏昏欲睡。

　　我很快进入了梦乡，在我面前，夕阳映照着远方的沙滩和大海。夜幕降临了，这里的夕阳、黄昏与所有地方的夕阳、黄昏好像没有区别。这时，有人给我送来一封信，我想看却什么也看不清楚。我只觉得天色昏暗，尽管印象中光线又强又亮。这夕阳异常苍白，亮而无光，奇迹般地照亮了黑沉沉的沙滩，我好不容易才辨认出一只贝壳。这个梦幻中的特殊黄昏宛若极地的沙滩上病态而又褪色的夕阳。我的忧郁顿时烟消云散，父亲的决定、皮娅的情感、我的敌人的欺诈犹如一种出自天性而又无关痛痒的需要仍然萦绕着我，却无法将我压垮。昏暗与灿烂的矛盾、魔法般地中止了我的痛楚的奇迹，并没有让我产生任何疑虑和恐惧，然而我却被包围、沉浸和淹没在逐渐增长的柔情之中，这种愈演愈烈、愉快美妙的情感最终将我唤醒。我睁开双眼，那辉煌而又暗淡的梦依然在我身边展现。我瞌睡时倚靠的那堵墙十分明亮，墙上常春藤长长的阴影轮廓分明，仿佛那是在下午四点。一株荷兰杨树的树叶在一阵难以觉察的微风中翻动、闪烁。海面上波浪和白帆依稀可见，天清气朗，月亮冉冉升起；浮云不时从月亮前掠过，染上深深浅浅的蓝色，苍白得就像蛇发女怪美杜莎（希腊神话中的女怪，头上长的不是头发而是毒蛇）的寒霜或蛋白石的核心。然而我的眼睛却根本无法捕捉遍地的光明。在幻景中闪亮的黑暗仍在草地上持续，树林、沟渠一团漆黑。突然间，一阵轻微的声音犹如焦虑缓缓醒来，迅速壮大，越过整个树林。那是微风揉搓树叶发出的簌簌声。我听见一阵阵微风波涛般地在整个夜深人静的暗夜翻卷。随后这声音逐渐减小直至消失。我面前夹在两行浓阴覆盖的橡树之间的狭小草坪中似乎流淌着一条光亮之河，两边是阴影的堤岸。月光召唤着被黑夜淹没的岗哨、树叶和船帆，却并不唤醒它们。在这万籁俱寂的时刻，月光仅仅映照出它们外表的模糊身影，让人无法辨认它们的轮廓，而白天看起来分明实在的这些轮廓则以它们确切的形状和永远平庸的氛围压迫我。缺少门扉的房屋、几乎没有枝杈没有树叶的树木、无帆的船犹如沉浸在暗夜中酣睡的树木离奇飘忽而又明媚的梦，那不是一种残酷得不能否认、单调得千篇一律的现实。树林陷入深深的酣睡之中，让人感受到月亮正利用树林的沉睡不动声色地在天空和大海中举行这个暗淡而又甜蜜的节日盛典。我的忧伤烟消云散。我听到父亲对我的训斥，皮娅对我的嘲讽，我的敌人策划的阴谋，这一切在我看来都不真切。惟一的现实就存在于这种不现实的光亮之中，我微笑着乞讨这种坚实。我不明白究竟是哪种神秘的相似性把我的痛苦与树林、天空以及大海欢庆的盛大秘密连接在一起，然而我却感觉到它们高声说出的解释、安慰和道歉。我的智慧有没有触及这个秘密无关紧要，因为我的心灵分明听到了这种声音。我在深夜里以它的名义呼唤我的圣母，我的忧伤从月亮中认出它那不朽的姐妹，月光照亮了黑夜中变形的痛苦和我的心，驱散了乌云，消除了忧愁。

　　我听到了脚步声。阿森塔朝我走来，宽松的深色大衣上露出了她白皙的脸。她略微压低嗓音对我说："我的兄弟已经睡觉，我怕您着凉就回来了。"我走近她，我在颤抖。她把我揽在她的大衣里，一只手拉着大衣下摆绕过我的脖颈。我们在昏暗的树林底下走了几步。有什么东西在我们前面发亮，我来不及退避，往旁边一闪，好像我们绊到了一段树桩，那障碍物就隐藏在我们脚下。我们在月光中行走，我把她的头凑近我的头。她微微一笑，我流下眼泪。我看见她也在哭。我们明白，哭泣的是月亮，它把自己的忧伤融入我们的忧伤。月光令人心碎，它甜蜜温馨的音符深入我们的心坎。月光在哭泣，就像我们。月光不知为何而哭，我们也几乎永远不知道自己为何哭泣，然而月光却刻骨铭心地感觉到它那温情脉脉而又不可抗拒的绝望之中蕴含着树林、田野、天空，它再度映照着大海，而我的心终于看清了它的心。

心香一瓣

月光如水水如天。月,是梦境,更是心境。

每个人的灵魂深处,都或多或少地有一些秘密、一些难言的隐伤,无处倾诉,无处逃避。

大自然在这时更容易走进我们的内心。让皎洁的月光映照我们的心房,留一份真情、真意,抚慰彼此的心灵;让自然万物成为我们的挚友,聆听它们的心语,抵达彻悟的境界。心底平静,处处安乐。

[作者简介]

马塞尔·普鲁斯特(1871—1922),法国小说家,意识流文学的先驱与大师,也是二十世纪世界文学史上最伟大的小说家之一。代表作有长篇小说《追忆似水年华》、自传体小说《让桑德伊》、论文《驳圣伯夫》等。

春到海堤

[德] 施托姆　黎青 译

> 海堤上的风多么令人神清气爽！家乡是我魂之所系；在什么地方又能像这儿一样尽情享受星期天的早晨呢！

我们的海岸边以前曾长着好多高大的橡树林，树木茂密，一只小松鼠可以从一根树枝跳到另一根树枝，连续几里地不着地面。传说当婚礼行列穿过树林时，新娘必须摘下头上的凤冠，可见枝丫垂得多么低了。盛夏，这高高的树木构成的大教堂终日蔽阴凉爽。那时还有野猪和猞猁在林中穿行。在那雄鹰目力可及的高处，阳光的大海在树梢上汹涌澎湃。

但这些树林早已被伐光了，只有人们偶尔从黑色的泥沼中或从浅滩的淤泥中挖出个把石化了的树根，它会让我们后人神思那一片树冠在与西北方向来的暴风激烈搏斗，发出惊心动魄的喧嚣。而我们今天站在海堤上，望着一片无树的平原，犹如望着永恒。当那位哈利希岛的女居民第一次从她的小岛来到这里时，她的话说得多么正确啊："我的上帝，狄个（这个）世界嘎（这么）大；伊（它）要一直连牢（连着）荷兰了！"

海堤上的风多么令人神清气爽！家乡是我魂之所系；在什么地方又能像这儿一样尽情享受星期天的早晨呢！

在下面那新开发的沼泽地中，第一阵温暖的春雨已将无边无垠的草地染绿；散布着的数不清的牛在吃草，连接着一个个"沼潭"的水沟宛如银色的带子在早晨的阳光下闪烁。吼叫声和撞击声在辽阔的原野深处飘荡，此起彼伏，此呼彼应，相谐成趣。而耕牛的那些长翅膀的朋友们——惊鸟——是多么活跃！喧闹的鸟群从低地升起，在我的面前掠过来掠过去，然后密密麻麻地落在堤顶，稍顷，便灵巧地啄食着，顺堤坡而下，向海边漫步而去。

然而，沿着下边那从城市流来、向大海注入的河流边，新的谷草编成的网闪闪发光，令人神往，这是为了阻挡海潮的啃啮而铺设的——河水雍容大方地流过这洁净的地毯——时值清晨，青春时代梦幻般的感觉再度征服了我，仿佛这个日子将给我带来难以言传的妩媚；每个人都有在心底欢迎幸福幽灵光临之时。

心香一瓣

读罢此文，春的气息、海风的气息仿佛扑面而来。

早晨，沐浴着从海边吹来的缕缕清风，也是一种难得的享受；春天，感受着阳光的明媚，呼吸着春草的气息，也是一种幸福的体验。

生活终究是美好的，幸福也很简单。调整心情，学会感恩，懂得享受，以开放的姿态拥抱每一天的黎明，生活每一天都会有全新的精彩。

作者简介

施托姆（1817—1888），德国小说家、诗人。写有抒情诗《1848年复活节》、《在1850年秋天》、《离别》，短篇小说《一片绿叶》，中篇小说《茵梦湖》等。

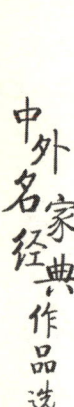

美

[印度] 泰戈尔　白开元 译

当我们完美地认识真理时，我们才真正地懂得美。完美地认识了真理，人的目光才纯净，心灵才圣洁，才能不受阻挠地看见世界各地蕴藏的欢乐。

夕阳坠入地平线，西天燃烧着鲜红的霞光，一片宁静轻轻落在梵学书院娑罗树的枝梢上，晚风的吹拂也便迟缓起来。一种博大的美悄然充溢我的心头。对我来说，此时此刻，已失落其界限。今日的黄昏延伸着，延伸着，融入无数时代前的邈远的一个黄昏。在印度的历史上，那时确实存在隐士的修道院，每日喷薄而出的旭日，唤醒一座座净修林中的鸟啼和《娑摩吠陀》的颂歌。白日流逝，晚霞鲜艳的恬静的黄昏，召唤终年为祭火提供酥油的牛群，从芳草萋萋的河滨和山麓归返牛棚。印度那淳朴的生活，肃穆修行的时光，在今日静谧的暮天清晰地映现。

我忽然想起，我们的雅利安祖先，一天也不曾忽视一望无际的恒河平原上日出和日落的壮丽景象。他们从未冷漠地送别晨夕和晚祷。每位瑜珈行者和每家的主人，都在心中热烈欢迎迷人的景色。他们把自然之美迎进了祭神的庙宇，以虔诚的目光注望美中涌溢的欢乐。他们抑制着激动，稳定着心绪，将朝霞和暮色融入他们无限的遐想。我认为，他们在河流的交汇处，在海滩，在山峰上欣赏自然美景的地方，不曾营造自己享受的乐园；在他们开辟的圣地和留下的名胜古迹中，人与神浑然一体。

暮空中萦绕着我内心的祈祷：愿我以纯洁的目光瞻仰这美的伟大形象，不以享乐思想去暗淡和去贬低世界的美，要学会以虔诚使之愈加真切和神圣。换句话说，要弃绝占有它的妄想，心中油然萌发为它献身的决心。

我又觉得，认识到真实是美，美是崇伟，不是件容易的事。我们摈弃许多东西，把厌烦的许多东西推得远远的，对许多矛盾视而不见，在合乎心意的狭小范围内，把美当做时髦的奢侈品。我们妄图让世界艺术女神沦为女婢，羞辱她，失去了她，同时也丧失了我们的福祉。

撇开人的好恶去观察，世界本性并不复杂，很容易窥见其中的美和神灵。将察看局部发现的矛盾和形变，掺入整体之中，就不难看到一种恢弘的和谐。

然而，我们不能像对待自然那样对人。周围的每个人离我们太近。我们以特别挑剔的目光夸大地看待他的小疵。他短时的微不足道的缺点，在我们的感情中往往变成非常严重的过错。贪欲、愤怒、恐惧妨碍我们全面地看人，而让我们在他人的小毛病中摇摆不定。所以我们很容易在寥廓的暮空发现美，而在俗人的世界却不容易发现。

今日黄昏，不费一点力气，我们见到了宇宙的美妙形象。宇宙的拥有者亲手把完整的美捧到我们的眼前。如果我们仔细剖析，进入它的内部，扑面而来的是数不清的奇迹。此刻，无垠的暮空的繁星间飞驰着火焰的风暴，若容我们目睹其中一部分，必定目瞪口呆。用显微镜观察我们前面那株姿态优美的斜倚星空的大树，我们能看清许多脉络，许多虬须，树皮的层层褶皱，枝丫的某些部位干枯，腐烂，成了虫豸的巢穴。站在暮空俯瞰人世，映入眼帘的一切，都有不完美和不正常之处。然而，不扬弃一切，广收博纳，卑微的，受挫的，变态的，全部拥抱着，世界坦荡地展示自己的美。整体即美，美不是荆棘包围的窄圈里的东西，造物主能在静寂的夜空毫不费力地向世人昭示。

强大的自然力的游戏惊心动魄，可我们在暮空却看到它是那样宁静，那样绚丽。同样，伟人一生经受的巨大痛苦，在我们眼里也是美好的，高尚的，我们在完满的真实中看到的痛苦，其实不是痛苦，而是欢乐。

我曾说过，认识美需要克制和艰苦的探索，空虚的欲望宣扬的美，是海市蜃楼。

当我们完美地认识真理时，我们才真正地懂得美。完美地认识了真理，人的目光才纯净，心灵才圣洁，才能不受阻挠地看见世界各地蕴藏的欢乐。

心香一瓣

  并不是只有绚丽才是美。欢乐是一种美,痛苦也是一种美。

  风雨过后的彩虹,最迷人;凌霜傲雪的寒梅,最动人;沙石踩躏的珍珠,最璀璨;饱经磨难换来的美丽,最持久。

  真正的美,来自心灵。心灵纯净、圣洁,就随时随地捕捉到美丽的风景。

  用真理去武装自己吧。让心灵丰富充实,这样才能发现万事万物背后隐藏的欢乐。

[作者简介]

  泰戈尔(1861—1941),印度诗人、作家、艺术家、社会活动家。1913年荣获诺贝尔文学奖。代表作有诗集《吉檀迦利》、《新月集》、《飞鸟集》,小说《沉船》等。

草莓

[波兰] 雅·伊瓦什凯维奇

激动不安、若明若暗的青春岁月之后，到来的是成年期成熟的思虑，是从容不迫的有节奏的生活，是日益丰富的经验，是一座内心的信仰和理性的大厦的落成。

时值九月，但夏意正浓。天气反常地暖和，树上也见不到一片黄叶。葱茏茂密的枝柯之间，也许个别地方略见疏落，也许这儿或那儿有一片叶子颜色稍淡；但它并不起眼，不去仔细寻找便难以发现。天空像蓝宝石一样晶莹璀璨，挺拔的榆树生意盎然，充满了对未来的信念。农村到处是欢歌笑语。秋收已顺利结束，挖土豆的季节正碰上艳阳天。地里新翻的玫瑰红土块，有如一堆堆深色的珠子，又如野果一般的妖艳。我们许多人一起去散步，兴味酣然。自从我们五月来到乡下以来，一切基本上都没有变，依然是那碧绿的树，湛蓝的天，欢快的心田。

我们漫步田野。在林间草地上我意外地发现了一颗晚熟的硕大草莓。我把它含在嘴里，它是那样的香，那样的甜，真是一种稀世的佳品！它那沁人心脾的气味，在我的嘴角唇边久久地不曾流逝。这香甜把我的思绪引向了六月，那是草莓最盛的时光。

此刻我才察觉到早已不是六月。每一月，每一周，甚至每一天都有它自己独特的色调。我以为一切都没有变，其实只不过是一种幻觉！草莓的香味形象地使我想起，几个月前跟眼下是多么不一般。那时，树木是另一种模样，我们的欢笑是另一番滋味，太阳和天空也不同于今天。就连空气也不一样，因为那时送来的是六月芬芳。而今已是九月，这一点无论如何也不能隐瞒。树木是绿的，但只须吹第一阵寒风，顷刻之间就会枯黄；天空是蔚蓝的，但不久就会变得灰惨惨；鸟儿尚没有飞走，只不过是由于天气异常的温暖。空气中已弥漫着一股秋的气息，这是翻耕了的土地、马铃薯和向日葵散发出的芳香。还有一会儿，还有一天，也许两天……

我们常以自己还是妙龄十八的青年，还像那时一样戴着桃色眼镜观察世界，还有着同那时一样的爱好，一样的思想，一样的情感。一切都没有发生任何的突变。简而言之，一切都如花似锦，韶华灿烂。大凡已成为我们的禀赋的东西都经得起各种变化和时间的考验。

但是，只须重读一下青年时代的书信，我们就会相信，这种想法是何其荒诞。从信的字里行间飘散出的青春时代呼吸的空气，与今天我们呼吸的已大不一般。直到那时我们才察觉我们度过的每一天时光,都赋予我们不同的色彩和形态。每日朝霞变幻,越来越深刻地改变着我们的心性和容颜;似水流年,彻底再造了我们的思想和情感。有所剥夺,也有所增添。当然,今天我们还很年轻——但只不过是"还很年轻"!还有许多的事情在前面等着我们去办。激动不安、若明若暗的青春岁月之后,到来的是成年期成熟的思虑,是从容不迫的有节奏的生活,是日益丰富的经验,是一座内心的信仰和理性的大厦的落成。

然而,六月的气息已经一去不返了。它虽然曾经使我们惴惴不安,却浸透了一种不可取代的香味,真正的六月草莓的那种妙龄十八的馨香。

心香一瓣

一颗晚熟的草莓,触发了作者对季节更替、生命演变的联想和感慨。

虽然时光的流逝,改变了我们曾经年轻的心性和容颜,但随着年龄的增长,我们的情感丰富了,思想成熟了,信仰和理性也更加坚定了。褪去的是稚嫩,收获的却是成长和成熟。

热爱生活,珍惜生命吧!流年似水,青春不再,有苦有乐,有失更有得,这才是成长的旋律!

作者简介

雅·伊瓦什凯维奇(1894—1980),波兰诗人、小说家、剧作家。出身于乌克兰农村一个爱国家庭。1919年发表第一部诗集,后在外交部工作,游历意大利、法国、西班牙等国。著有诗集《白天的书和黑夜的书》、《回到欧洲》、《1932年的夏天》等,长篇历史小说《红色的盾牌》,剧本《诺汉特之夏》、《假面舞会》等。

虚荣的紫罗兰

[黎巴嫩] 卡里·纪伯伦

我要死了,但是我知道,我所生存的那个有限的后面隐藏着的是什么。这就是生活的意义。这就是本质的所在,隐藏在无论是白天或夜晚的机缘之后的本质!

幽静的花园里,生长着一棵紫罗兰。她有美丽的小眼睛和娇嫩的花瓣。她生活在女伴们中间,满足于自己的娇小,在密密的草丛中愉快地摆来摆去。

一天早晨,她抬起顶着用露珠缀成的王冠的头,环顾四周,她发现一株亭亭玉立的玫瑰,那么雍容而英挺,使人联想起绿宝石的烛台托着鲜红的小火舌。

紫罗兰张开自己天蓝色的小嘴,叹了一口气,说:"在香喷喷的草丛里,我是多么不显眼啊,在别的花中间,我几乎不被人看见。

造化把我造得这般渺小可怜。我紧贴着地面生长,无力面向蓝色的苍穹,无力把面庞转向太阳,像玫瑰花那样。"

玫瑰花听到她身旁的紫罗兰的这番话,笑得颤动了一下,接着说:"你这枝花多么愚蠢呵!你简直不理解自己的幸福,造化把很少赋予别类花朵的那种美貌、那种芬芳和娇嫩给予了你。抛弃你那些错误的想法和空洞的幻想,满足于自己的命运吧,要知道,温顺会使他变得坚强,谁要求过多,谁就会失去一切。"

紫罗兰回答道:"呵,玫瑰花,你来安慰我,因为在我只能幻想的那一切,你都有了。你是那样美好,所以你用聪明的词令粉饰我的渺小。但是对于不幸者说,那些幸福者的安慰意味着什么呢?向弱者说教的强者总是残酷的!"

造化听到玫瑰与紫罗兰的对话,觉得奇怪,于是高声问:"呵,女儿,你怎么了,我的紫罗兰?我知道你一向谦逊而有耐心,你温柔而又驯顺,你安贫而又高尚。难道你被空虚的愿望和无谓的骄傲制服了?"

紫罗兰用充满哀求的声调回答她:"呵,你原是无上全能、悲悯万物的啊,我的母亲!我怀着满腔激情、满腔希望请求你,答应我的要求,把我变成玫瑰花吧,哪怕只一天也好!"

造化说:"你不知道你请求的是什么。你不明白外表的华丽暗藏着不可预期的灾祸。当我把你的躯干抽长,改变了你的容貌,使你变成了玫瑰花,你会后悔的,可是,到那时,后悔也无济于事了。"

紫罗兰答道:"呵,把我变作玫瑰花吧!变作一株高高的玫瑰花,骄傲地抬着头!日后不论发生什么事,都由我自己担承!"

于是，造化说："呵，愚蠢而不听话的紫罗兰，我满足你的愿望！但是，如果不幸和灾祸突然降落在你的头上，那是你自己的过错！"

造化伸开她那看不见的魔指，触了一下紫罗兰的根——转瞬间紫罗兰变成了盛开的玫瑰，伫立在众芳之上。

午后，天边突然乌云密布，卷起旋风，雷电交加，隆隆作响，狂风和暴雨所组成一支不计其数的大军突然向园林袭来；他们的袭击折断了树枝，扭弯了花茎，把傲慢的花朵连根拔起。花园里除了那些紧贴着地面生长或是隐藏在岩石缝里的花草之外，什么也不剩了。而那座幽静的花园遭到了比其他花园更多的灾难。

等到风停云散，花儿全死去了——她们像灰尘一样，满园零落，唯有躲在篱边的紫罗兰，在这场风暴的袭击之后，安然无恙。

一株紫罗兰抬起头来，看着花草树木的遭遇，愉快地微笑了一下，招呼自己的女伴："瞧呵，暴风雨把那些自负为美的花朵变成了什么哟！"

另一株紫罗兰说："我们紧贴着地面生长，我们才躲过了狂风暴雨的愤怒。"

第三株喊道："我们是这般脆弱，但龙卷风并没有战胜我们！"

这时紫罗兰皇后向四周环顾了一下，突然看见昨天还是紫罗兰的那株玫瑰花。

暴风雨把她从土里拔起，狂风扫去了她的花瓣，把她抛在湿漉漉的青草上。她躺在地上，像一个被敌人的箭射中了的人一样。

紫罗兰皇后挺直了身子，展开自己的小叶片，招呼女伴们说："看呵，看呵，我的女儿们！看看这株紫罗兰，为了能炫耀自己的美貌，她想变成一株玫瑰，哪怕是一小时也可以。就让眼前这景象作为你们的教训吧。"

濒死的玫瑰叹了一口气，集中了最后的力量，用微弱的声音回答道："听我说吧，你们这些愚蠢而谦逊的花儿，听着吧，暴风雨和龙卷风都把你们吓坏了！昨天我也和你们一样，藏在绿油油的草丛里，满足于自己的命运。这种满足使我在生活的暴风雨里得到了庇护。我的整个存在的意义都包含在这种安全里，我从来不要求比这卑微的生存更多一点的宁静与享受。呵，我原是可以跟你们一样，紧贴着地面生长，等待冬季用雪把我盖上，然后偕同你们去接受那死亡与虚无的宁静。但是，只有当我不知道生活的奥妙，我才不能那样做，这种生活的奥妙，紫罗兰的族类是从来也不知道的。从前我可以抑制自己一切的愿望，不去想那些得天独厚的花儿。但是我倾听着夜的寂静，我听见更高的世界对我们的世界说：'生活的目的在于追求比生活更高更远的东西。'这时我的心灵就不禁反抗起自己来了。我的心殷切地盼望升到比自己更高的地方。终于，我反抗了自己，追求那些我不曾有过的东西，直到我的愤怒化成了力量，我的向往变成了创造的意志。到那时，我请求造化——你们要知道，造化，那不过是我们一种神秘的幻觉的反映，——我要求她把我变成玫瑰花。她这样做了。就像她常常用赏识和鼓励的手指变换自己的设计和素描一样！"

玫瑰花沉默了片刻，然后带着骄傲而优越的神情补充说："我做了一小时的玫瑰花，我就像皇后一样度过了这一小时。我用玫瑰花的眼睛观察过宇宙。我用玫瑰花的耳朵倾听过以太的私语。我用玫瑰花的叶片感受过光的变幻。难道你们中间找得到一位，蒙受过这样的荣光吗？"

玫瑰低下头，已经喘不上气来，说："我就要死了。我要死了，但我内心里却有一种从来没有一株紫罗兰所体验过的感觉。我要死了，但是我知道，我所生存的那个有限的后面隐藏着的是什么。这就是生活的意义。这就是本质的所在，隐藏在无论是白天或夜晚的机缘之后的本质！"

玫瑰卷起自己的叶子，微微叹了一口气，死去了。她的脸上浮着超凡绝俗的微笑——那是理想实现的微笑，胜利的微笑，上帝的微笑。

心香一瓣

　　虚荣的紫罗兰，虽然享受到了变作一朵玫瑰花的荣耀，但却在暴风雨的袭击下香消玉损，付出了生命的代价。

　　人生何必如此过分追求十全十美？世界上没有两片完全相同的树叶，人与人之间更是不能盲目攀比。看不到自己的优点而追求那份不属于自己的美丽，舍本逐末，必定会败得一塌糊涂。

　　人生不能没有理想，但理想的设定要符合自己的实际。生命追求的是发展之中的超越，而不是变换位置的虚华。只有在自己的轨道上奔跑，才能绽放出独一无二的精彩。

作者简介

　　卡里·纪伯伦（1883—1931），黎巴嫩阿拉伯诗人、作家、画家。他被称为"艺术天才"、"黎巴嫩文坛骄子"，是阿拉伯现代小说、艺术和散文的主要奠基人，20世纪阿拉伯新文学道路的开拓者之一。著有短篇小说集《草原新娘》、《叛逆的灵魂》和长篇小说《折断的翅膀》等，散文诗集《先驱者》、《先知》、《先知园》、《流浪者》等。

心愿不及的夏天

[美] 拉·贝克拉塞尔·贝克　松风 译

夏天,待在屋子里是不会有什么乐趣的。每一桩开心的事儿都发生在外面的世界里。花丛中,藏着蜂鸟,小小的翅膀扑腾扑腾得那么急,乍一看,好像它们根本就没长翅膀似的。

许久以前,我曾在弗吉尼亚北部的一个村子里住过,这村子坐落在十字路边。那是一个清纯宜人的夏天,那里没发生过什么重要的事儿,我也不曾尝过烦忧的滋味。

七幢平淡而没有个性的房子组成了那个村落。一条土路蜿蜒伸到山下。山下有家私酒商店,至今还在为村里的男人们供应着威士忌酒。另一条土路,直指溪边。我和科尼斯表哥总爱坐在溪畔,用蚯蚓作饵钓鱼儿。一天,我们打死了一条铜斑蛇,当时它正在附近的一块岩石上晒太阳。这样的事儿是很不寻常的。

夏天的暑气温婉可人，湿润而醇厚的空气里弥散着各种各样的馨香，你禁不住要一一品咂。早晨，紫藤飘香；下午，铺铺叠叠爬满石墙的野蔷薇盛开了；傍晚，忍冬花的芳芬融进苍冥的暮霭里，香气袭人。

即便按当时的标准，那也是个落后的地方。没有电。土路上面也没铺点什么。屋子里连自来水都没有。夏天日复一日的活计都体现出这一桩桩的短缺来。没有电灯，人们便早早地上床睡了；第二天起身的时候，露珠儿还在草尖上挂着。一大清早，女人们便在一片叽叽喳喳声里把昨夜用过的煤油灯擦拭得锃亮锃亮。孩子们被打发出去担甘醇的泉水。

这倒使我们有机会天天看小龙虾是不是又增加了许多。后来，走在去屋外厕所的小道上，你又有机会在西尔斯—罗伯克商品目录里做着各式各样的梦，那多半是些有关猎枪或自行车的美梦。

没有电，能把年轻人的心儿拴住的收音机也就派不上用场。但是，倒也确有一两户人家有收音机。他们用的是邮购来的、大小和今天的汽车电瓶差不离儿的电池。不过，它们可不是给孩子们随便玩儿的，虽然有时，你也许被请进屋去听听《阿莫斯与安迪》。

如今想起那种情景，只记得，听着声音从家具里冒出来，挺奇怪的。很久以后，有人点拨我说，谁听了《阿莫斯与安迪》，谁就是种族主义分子。幸而我听得不多……

夏天，待在屋子里是不会有什么乐趣的。每一桩开心的事儿都发生在外面的世界里。花丛中，藏着蜂鸟，小小的翅膀扑腾扑腾得那么急，乍一看，好像它们根本就没长翅膀似的。

暑气袭人的午后，女人们放下窗帘，把毯子铺到地上，乘凉、打盹儿。而此时的野外，牛群躲到枝繁叶茂的树下，挤在头顶烈日的浓阴里。下午极静极静，但声音却无处不在。蜜蜂在苜蓿丛中嗡嘤着；远方的田野上，一台老式蒸汽扬谷机扎扎扎的声音，隐约可闻；鸟雀在铁皮屋檐下飞来飞去，发出沙沙的声响。

山那边的土路上，尘土飞扬而起，预示着什么事情的来临。一辆车子正朝这边开来，谁喊了声"车来噜"。人们纷纷走出屋子，一边审视着渐渐逼近的飞扬的尘土，一边猜着车子里坐着的是什么人。

接着——这是一天中最重大的时刻——汽车缓缓地驶了过去。

"是谁呀？"

"没看清楚。"

"像是帕基·佩恩特吧。"

"不会是帕基。不是他的车子。"

过后，寂静复如灰尘一般轻轻地落了下来。你溜达着，从鸡舍前经过，一只母鸡正卧在那儿干着下蛋这样不可思议的事儿。更够味儿、更够刺激的事还是在田野上。公牛就在田野上。你可以到那儿去试试自己的胆量：看看你究竟敢与公牛挨得多近，然后再拼命跑回栅栏的这边。

男人们驮着西沉的夕阳晃悠晃悠地回到了家里，身上散发着疲惫的热气。他们坐在铁皮澡盆里，在用木桶担回的泉水洗着身子。我知道一些他们的秘密，比方说谁把威士忌酒藏在了椴木桶后面的梅森瓶子里，某某人为什么要找个借口离开厨房，溜到院子里，在那儿哈哈大笑——他到底在干着什么好事儿。

我也知道女人们对这种事的感觉，虽然不清楚她们的想法。甚至在那个时候，我就明白夏夜的清风都给毁了。

太阳落山了，人们坐在自家的门前。暮色渐浓。萤火虫刚飞出来就被捉住、装进了瓶子里。浓重的暮霭融进了苍茫的夜色里。一只蝙蝠从土路上飞掠而过。那时，我不怕蝙蝠，我只怕鬼魂。鬼魂们使得就寝时分，哪怕是在一间快熄了煤油灯的屋子里，也是那么令人恐惧。

我更怕的是癞蛤蟆，尤其是门阶下面的那些。只要一碰到它们，就会使我身上起鸡皮疙瘩。人人都是这么对我说的。一天夜里，我被允许待到很晚，一直到星星布满了天空。村里，一个老年妇女快要死了。据说这个时候让孩子们在屋外待到深夜，是吉利的。我们四个人在黑夜里坐着。一颗流星划过夜空，谁说了声："许个愿吧。"

我不懂得这句话的含义，也不知道自己该许个什么样的愿。

心香一瓣

夏天,是个特殊的季节。春刚过,秋冬尚未至,生命正处于蓬勃生长阶段,一切静好。

然而,这也是一个考验的季节。经得住考验的生命,会在下一个季节迎来丰收的硕果;经不住考验的生命,则会悄然退隐或逝去。

"祸兮福之所倚,福兮祸之所伏。"万事万物无不处于矛盾的辩证运动中。安逸静好的时刻,也有危险潜伏着。所以,对待生活,要有一种坦荡从容的心境,不必刻意追求完美。

[作者简介]

拉·贝克拉塞尔·贝克(1925—),美国记者、散文家。主要著作有《一切考虑到》、《一个美国人在华盛顿》、《不存在恐怖的根由》等。

登勃朗峰

[美] 马克·吐温　高健 译

> 这一天彩幻，仅作片晌驻留，旋即消逸，变幻交融，一时几于无见；俄而又五色繁会，轻柔氤氲的晴光，瞬息万变，聚散无定，纷至沓来，熠耀于缥缈云端，把冉冉白云幻作霓裳羽衣，精工绝伦，足堪向飞仙捧供。

赴勃朗峰的途中，我们先搭火车去了马蒂尼。翌晨八时许即徒步出发。路上伴侣很多——乘车骑骡的旅客多，还有尘土多。队伍前前后后，络绎不绝，长可一英里左右。路为上坡——一路上坡——而且也较陡峻。天气又复灼热，乘坐于骡背或车中的男男女女，蠕蠕而前，焦炙于炎阳之下，真是其状可悯。我们尚能祛避暑热于林薮之间，广得阴凉，但是那些人却办不到。他们既花钱坐车，是舍不得因耽搁而轻耗盘缠的。

我们取道黑首而前，抵高地后，沿途景物、颇不乏胜致。途中一处须下经山底隧道；俯瞰下面峡谷，有清流潋湍其间；环视左右，石如扶垛，丘冈蓊郁，景色殊幽。整个黑首道上，到处瀑布鸣溅，连绵不绝。

抵达阿冉提村前半小时顷，雪岭一座，巍然在望，日熠其上，光晶耀眼，顶作 V 形，无异壮峨山门。这时我们乃亲睹了勃朗峰，诨号"阿尔卑斯之王"。我们拾级而上，这座尊严的雪岭也随之而愈升愈高，矗入蓝天，渐而夺据整个穹苍。

环顾邻近诸峰———例光突陡削，色作浅棕——奇形怪态，不可名状。有的顶端绝峭，复作微倾，宛如美人纤指一般；另一怪峰，状若塔糖，又类主教角冠；巉岩峭拔，雪不能积，仅于分野之处见之。

当我们仍高踞山巅，尚未下至阿冉提村之前，我们曾引颈遥望附近一座山峰，那里棱镜虹霓般的丽彩，璀璨缤纷，正戏舞于白云之旁，而白云也玲珑缥缈，仿佛游丝蛛网一般。那里软红稚绿，灼灼青青，煞是妩媚；没有一种色泽过于凝重，一切都作浅淡，而萦绕交织，迷人心意。于是我遂取坐观，饱览奇景。这一天彩幻，仅作片晌驻留，旋即消逸，变幻交融，一时几于无见；俄而又五色繁会，轻柔氤氲的晴光，瞬息万变，聚散无定，纷至沓来，熠耀于缥缈云端，把冉冉白云幻作霓裳羽衣，精工绝伦，足堪向飞仙捧供。

半晌，方悟刚才所见的种种瑰丽色彩，无穷变幻，原是我们在一只肥皂泡中所常见的；皂泡所过之处，种种色泽变幻，无不尽摄其中。天下最美丽最妙造的事物实在无过于皂泡：适才的一天华彩，云锦天衣，恰似碎裂的阳光之下的美丽皂泡一样。我想世上皂泡如其可求，其价值将不知几何。

马蒂尼至阿冉提之行，计历时八时许。一切车骑，尽抛身后；这事我们也仅偶一为之。俯缘河谷而下，前往沙蒙尼途中，雇得敞篷马车一辆；继以一小时之余裕，从容进餐，这给了车夫以取醉功夫。车夫有一友人一起同行，于是这友人也得暇小酌一番。

起身后，车夫说我们用饭之际，旅客都已赶到，甚至赶在前面了；"但是，"他神气十足地说，"不必为此烦恼——安心静坐吧——不用不安——他们已扬尘远去了，但不久就会消失在我们背后。劝您安心静坐吧，一切都包在我的身上——我乃是车夫之王啊，看吧！"

鞭梢一振，车遂辚辚而前。颠簸之剧，为平生所未有。最近的暴雨把有些地方的路面整个冲掉了，但我们也一概不顾，轮不稍停，车不减速，乱石废物，溪谷原野，飞掠而过——时而尚有两轮一轮着陆，大部时间则几乎轮不匝地，凌空骧腾。每隔一会，这位镇定而慈祥的狂人则必一副尊容，掉转头来对我们讲："看到了吧？我一点儿也不虚说——我的确是车夫之王。"每次我们几乎险遭不测之后，他总是面不改色，喜幸有加地对我们说："只当它个乐子吧！先生们，这事很不常见，很不寻常——能坐上车王的车，要算是机会难得啊！——请注意吧，我哪就是他啊。"

他讲的是法语，说话时不断打嗝，有类标点。他的友人也是法人，但操德语——所用的标点系统则完全相同。友人自称为"勃朗队长"，这次要求我们和他一道登山。他说他登山的回数比谁都多——四十七次——他的兄弟则是三十七次。他兄弟是世上最好的向导，除了他本人——但是他，请别忘记——他乃是"勃朗队长"，这个尊号别人是觊觎不得的。

这位"车王"果然不爽前言——像阵疾风一般，他的确赶上而且超过了那长长的旅客车队。其结果是，抵达沙蒙尼旅馆时我们遂住进了讲究的房间。如果这位王爷的车艺稍欠敏捷——或者说，如果他在离开阿冉提时不是多亏天意，已经颇为酩酊，这将是不可能的。

心香一瓣

潺潺的流水、只闻其声不见其形的瀑布、远处的雪山、变幻的白云，这般景色，令人神往不已。

白云为伴，青山相随，疾驰于路上，别是一番感受，而此间竟是巧合，若非车夫颇为酩酊，怎能有如此不同寻常的经历。

人生不也是一场旅行吗？在这漫长的人生旅途中，也有太多因巧合才能领略的风景，而这样的风景实是一种可遇而不可求的机缘。

作者简介

马克·吐温（1835—1910），原名萨缪尔·兰亨·克莱门斯，美国幽默大师、小说家、作家，19世纪后期美国现实主义文学的杰出代表。他的作品融幽默与讽刺一体，既富于独特的个人机智与妙语，又不乏深刻的社会洞察与剖析，既是幽默辛辣的小说杰作，又有悲天悯人的严肃。代表作有《百万英镑》、《哈克贝利·费恩历险记》、《汤姆·索亚历险记》。

初秋

[日]川端康成　叶渭渠 译

事实上，草木、野兽本能随着季节的推移而生活着，惟独人才逆着季节的变迁而生活，诸如夏天吃冰，冬天烤火。尽管如此，人反而更多地被季节的感情所左右。

在比平常稍凉的水中游过泳，腿脚会显得略洁白些。莫非蓝色的海底有一种又白又冰凉的东西在流动？因此，我觉得秋天是从海中来的。

人们在庭园的草坪上放焰火。少女们在沿海岸的松林里寻觅秋虫。焰火的响声夹杂着虫鸣，连火焰的音响也让人产生一种像留恋夏天般的寂寞情绪。我觉得秋天就像虫鸣，是从地底迸发出来的。

与七月不同的，就是夜间只有月光，海风吹拂，女子就悄悄地紧掩心扉。我觉得秋天是从天而降的。

海边的市镇上又新增加许多出租房子的牌子。恰似新的秋天的日历页码。

秋天也是从脚心的颜色、趾甲的光泽中出来的。入夏之前，让我赤着脚吧。秋天到来之前，把赤脚藏起来吧。夏天把趾甲修剪干净吧。

初秋让趾甲留点肮脏是否更暖和些呢？秋天曲肱为枕，胳膊肘都晒黑了。

假使入秋食欲不旺盛，就有点空得慌了。耳垢太厚的人是不懂得秋天的。

纪念大地震已成为初秋的东京一年之中的例行活动。今年九月一日上午，也有十五万人到被服厂遗址参拜，全市还举行应急消防演习。抽水机的警笛声，同上野美术馆的汽笛声一起也传到我的家里来了。我去看被服厂遭劫的惨状，是在九月几号呢？

前天或是大前天，露天火葬已经开始了，尸体还是堆积如山。这是入秋之后残暑酷热的一天。傍晚下了一场骤雨。在燃烧着的一片原野上，连个躲雨的地方都没有，乱跑之中成了落汤鸡。仔细一看，白色的衣服上沾满一点点灰色的污点。那是烧尸的烟使雨滴变成了灰色。我目睹死人太多，反而变得神经麻木了。沐浴在这灰色的雨里，肌肤冷飕飕的，我顿时感受到已是秋天了。能够比谁都先听到秋声，有这种特性的人也是可悲吧！

这是啄木鸟的一首诗歌，无疑事实就是那样。我家里有五六只狗，其中一只对音乐比一般人对音乐更加敏感，它听到欢快的音乐就高兴，听到悲哀的音乐就悲伤，它不仅会跟着留声机吠叫，还会像跳舞一样扭动着身躯，然而它一点也感受不到初秋的寂寞。动物虽然感受到季节的冷暖，但它们并不太感受到季节的感情。

事实上，草木、野兽本能随着季节的推移而生活着，惟独人才逆着季节的变迁而生活，诸如夏天吃冰，冬天烤火。尽管如此，人反而更多地被季节的感情所左右。回想起来，所谓人的季节感情，人工的东西太多了吧。我不禁惊愕不已。

据说，南洋群岛全年气候基本相同，看星辰就知道是什么季节。夏季可以看到夏季的星星，秋季可以看到秋季的星星。若是能把身边的季节忘却到那种程度，这样的生活又是多么健康啊。也没有像美术季节那样的人工季节。

心香一瓣

秋天从哪里来?从海边来?从地底迸发而来?还是从天而降?

川端康成用丰富的想象、细腻的情感,为我们描绘了一幅初秋的印象图,并抒发了对于季节变迁以及人类生活的感悟。

没有谁能更改自然万物的作息规律,但人类不同于动植物,人类具有主观能动性,能够逆着季节的变迁生活,能够赋予季节以感情。

不同的人心中有不同的秋天,这一季的面貌,依着你的心境而变。用眼睛去追寻,用耳朵去聆听,生命的四季都有不尽的美丽风景。

[作者简介]

川端康成(1899—1972),日本作家,现代派文学先驱。代表作有《雪国》、《古都》、《千只鹤》,散文集《我在美丽的日本》等。1968年获诺贝尔文学奖。

冬日漫步（节选）

[美] 梭罗

寒风一吹，无孔不入，一切乌烟瘴气都一扫而空，凡是不能坚贞自守的，都无法抵御；因此凡是在寒冷荒僻的地方（例如在高山之顶），我们所能看得见的东西，都是值得我们尊敬的，因为它们有一种坚强的纯朴的性格——一种清教徒式的坚忍。

风轻轻地低声吹着，吹过百叶窗，吹在窗上，轻软地好像羽毛一般；有时候数声叹息，几乎叫人想起夏季长夜漫漫和风吹动树叶的声音。田鼠已经舒舒服服地在地底下的楼房中睡着了，猫头鹰安坐在沼地深处一棵空心树里面，兔子、松鼠、狐狸都躲在家里安居不动。看家的狗在火炉旁边安静地躺着，牛羊在栏圈里一声不响地站着。大地也睡着了——这不是长眠，这似乎是它辛勤一年以来的第一次安然入睡。时虽半夜，大自然还是不断地忙着，只有街上商店招牌或是木屋的门轴上，偶然轻轻地发出叽格的声音，给寂寥的大自然添一些慰藉。茫茫宇宙，在金星和火星之间，只有这些声音表示天地万物还没有全体入睡——我们想起了远处（就在心里头吧？）还有温暖，还有神圣的欢欣和友朋相聚之乐；可是这种境界是天神们互相往来时才能领略，凡人是不胜其荒凉的。天地现在是睡着了，可是空气中还是充满了生机，鹅毛片片，不断地落下，好像有一个北方的五谷女神，正在我们的田亩上撒下无数银色的谷种。

我们也睡着了，一觉醒来，正是冬天的早晨。万籁无声，雪厚厚地堆着，窗槛上像是铺了温暖的棉花；窗格子显得加宽了，玻璃上结了冰纹，光线暗淡而静，更加强了屋内的舒适愉快的感觉。早晨的安静，似乎静在骨子里，我们走到窗口，挑了一处没有冰霜封住的地方，眺望田野的景色；可是我们单是走这几步路，脚下的地板已经在吱吱地响。窗外一幢幢的房子都是白雪盖顶；屋檐下、篱笆上都累累的挂满了雪条；院子里像石笋似站了很多雪柱，雪里藏的是什么东西，我们却看不出来，大树小树四面八方的伸出白色的手臂，指向天空；本来是墙壁篱笆的地方，形状更是奇怪，在昏暗的大地上面，它们向左右延伸，如跳如跃，似乎大自然一夜之间，把田野风景重新设计过，好让人间的画师来临摹。

我们悄悄地拨去了门闩，雪花飘飘，立刻落到屋子里来；走出屋外，寒风迎面扑来，利如刀割。星光已经不这么闪烁光亮，地平线上面笼罩着一层昏昏的铅状的薄雾。东方露出一种奇幻的古铜色的光彩，表示天快要亮了；可是四面的景物，还是模模糊糊，一片幽暗，鬼影幢幢，疑非人间。耳边的声音，也带一种鬼气——鸡啼狗吠，木柴的砍劈声，牛群的低鸣声——这一切都好像是阴阳河彼岸冥王的农场里所发出的声音；声音本身并没有特别凄凉之处，只是天色未明，这种种活动显得太庄严了，太神秘了，不像是人间所有的。院子里雪地上，狐狸和水獭所留下的脚迹犹新，这使我们想起：即使在冬夜最静寂的时候，自然界生物没有一个钟头不在活动，它们还在雪上留下痕迹。把院子门打开，我们以轻快的脚步，跨上寂寞的乡村公路，雪干而脆，脚踏上去发出破碎的声音；早起的农夫，驾了雪橇，到远处的市场去赶早市；这辆雪橇一夏天都在农夫的门口闲放着，与木屑稻梗为伍，现在可有了用武之地，它的尖锐清晰刺耳的声音，对于早起赶路之人，也有提神醒脑的作用。农舍窗上虽然积雪很多，但是屋里的农夫已经早把蜡烛点起，烛光孤寂地照射出来，像一颗暗淡的星。树际和雪堆之间，炊烟也是一处一处地从烟囱里往上飞升。

　　大地冰冻，远处鸡啼狗吠；从各处农舍门口，也不时地传来丁丁劈柴的声音。空气稀薄干寒，只有比较美妙的声音才能传入我们的耳朵，这种音听来都有一种简短的可是悦耳的颤动；凡是至清至轻的流体，波动总是少发即止，因为里面粗粒硬块，早就沉到底下去了。声音从地平线的远处传来，都清越明亮，犹如钟声，冬天的空气清明，不像夏天那样地多杂质阻碍，因此声音听来也不像夏天那样地毛糙模糊。脚下的土地，铿锵有声，如叩坚硬的古木；一切乡村间平凡的声音，此刻听来都美妙悦耳；树上的冰条，互相撞击，其声琤琮，如流水，如妙乐。大气里面一点水分都没有，水蒸气不是干化，就是凝结成冰霜的了；空气十分稀薄而似有弹性，人呼吸其中，自觉心旷神怡。天似乎是绷紧了的，往后收缩，人从下上望，很像处身大教堂中，顶上是一块连一块弧状的屋顶；空气中闪光点点，好像有冰晶浮游其间。据在格陵兰住过的人告诉我们说，那边结冰的时候，"海就冒烟，像大火燎原一般；而且有一种雾气上升，名叫烟雾；这种烟雾有害健康，伤人皮肤，能使人手脸等处，生疮肿胀。"我们这里的寒气，虽然其冷入骨，然而质地清纯可提神，可清肺；我们不能把它认为是冻结的雾，只能认为是仲夏的雾气的结晶，经过寒冬的洗涤，越发变得清纯了。

太阳最后总算从远处的林间上升，阳光照处，空中的冰霜都融化，隐隐之中似乎有铙钹伴奏，铙钹每响一次，阳光的威力逐渐增加；时间很快从黎明变成早晨，早晨也愈来愈老，很快地把西面远处的山头，镀上一层金色。我们匆匆地踏着粉状的干雪前进，因为思想感情更为激动，内心发出一种热力，天气也好像变得像十月小阳春似的温暖。假如我们能改造我们的生活，和大自然更能配合一致，我们也许就无需畏惧寒暑之侵，我们将同草木走兽一样，认大自然是我们的保姆和良友，她是永远照顾着我们的。

大自然在这个季节，特别显得纯洁，这是使我们觉得最为高兴的。残干枯木，苔痕斑斑的石头和栏杆，秋天的落叶，到现在被大雪淹没，像上面盖了一块干净的手巾。寒风一吹，无孔不入，一切乌烟瘴气都一扫而空，凡是不能坚贞自守的，都无法抵御；因此凡是在寒冷荒僻的地方（例如在高山之顶），我们所能看得见的东西，都是值得我们尊敬的，因为它们有一种坚强的纯朴的性格—— 一种清教徒式的坚忍。别的东西都寻求隐蔽保护去了，凡是能卓然独立于寒风之中者，一定是天地灵气之所钟，是自然界骨气的表现，它们具有和天神一般的勇敢。空气经过洗涤，呼吸进去特别有劲。空气的清明纯洁，甚至用眼睛都能看得出来；我们宁可整天处在户外，不到天黑不回家，我们希望朔风吹过光秃秃的大树一般地吹彻我们的身体，使得我们更能适应寒冬的气候。我们希望藉此能从大自然借来一点纯洁坚定的力量，这种力量对于我们是一年四季都有用的。

心香一瓣

冬季,是一个考验的季节。所有的生命,都要经历风霜严寒相逼的处境。能够凌寒傲雪的生命,一定具备坚贞的气节。

人生,不也是如此吗?很少有人会一帆风顺,一路顺风顺水,事事如意。顺逆交织,才是人生的常态。

处顺境而不骄不躁,处低谷而力争上游,坦然笑对生活,这种坚定纯洁的力量,对于人生的四季同样是弥足珍贵的。

[作者简介]

梭罗(1817—1862),19世纪美国具有世界影响力的作家、哲学家。在他笔下,自然、人以及超验主义理想交融汇合。代表作品有散文集《瓦尔登湖》等。

夜宿松林

[英] 斯蒂文森　朱建迅 译

空气鲜澄，溪水清冽，黎明召唤我驻足片刻，欣赏美景，且不说斑斓绚丽的夜空，秀色可餐的幽谷，受到如此盛情的款待，我觉得自己欠下了谁的一笔人情债。

在布列马德吃过晚饭，我不顾天色已晚，开始攀登洛泽尔峰。一条时隐时现的石子路指引我向前。途中，我遇到四五辆来自山上松林的牛车，每辆车上都载着一整棵冬天御寒用的松树。松林长在坡势平缓、凉风飕飕的山脊。我登上松林最高处，沿林间小径左行片刻，便来到一个芳草萋萋的幽谷，溪水潺潺流过石堆，漾起一股碧波，"在这未曾有仙女光临、牛羊徜徉的清幽圣洁之境"。这些松树并不显得古朴苍劲。然其蓊郁茂密的枝叶，却遮蔽了林间空地。

欲见林外天地，只有北眺远处的山巅，仰望浩渺的苍穹，于此过夜，既安全，又似居家独处，不受打扰。我安顿好住处，喂罢莫代斯丁（作者骑的驴子），暮色已经笼罩了山谷。我用皮带缚住双膝，钻入睡袋，饱餐一顿。太阳刚落山，我便摘下帽子，遮住双眼，沉沉睡去。

室内的夜晚何等单调乏闷，而在含芳凝露、繁星满天的旷野，黑夜轻盈地流逝，大自然的面貌时时都在变化。寓居室内者，在四壁包围的帏帐中憋闷至极，觉得夜似乎是短暂的死亡，露宿野外者，则弛然而卧，进入轻松恬适、充满生机的梦境。他能彻夜听见大自然深沉酣畅的呼吸。大自然即便在休憩之际，也会回首绽开笑靥。更有那家居者未曾经历的忙碌的时刻，大地从睡梦中苏醒，所有的生灵都直起身。雄鸡最先啼鸣，不是为了报晓，而是像一个快活的更夫，催促黑夜离去。牧场上的牛群闻声醒来，羊儿在露珠晶莹的山坡上吃完早餐，迁入掩映在蕨类植物丛中的新居。与禽鸟共眠的流浪汉，睁开惺忪的睡眼，恣情饱览这美丽的夜色。

这些眠者同时醒来，是应了某种无声的召唤，还是由于大自然轻柔的抚摸？是星星向大地施展了法术，还是由于分享了大地母亲体内蕴蓄的激情？牧羊人和年迈的庄稼汉，在这一知识领域虽堪称博学，也无法猜出上天催醒万物生灵的目的。只是声称，这样的时刻在两点以前到来。他们不明白，也不想弄明白。不过，这实在是一件赏心乐事。因为我们只是在梦境里稍受攘扰，诚如那位阔绰气派的蒙田所言："如此，我们反而更能充分领略睡眠的美妙滋味。"尤其是想起我们已和近处生灵息息相通，远遁喧嚣的尘世，此刻只是听任上天驱策的一只温驯的羔羊，心里便贮满快慰。

我于此刻醒来时，觉得口干舌燥，便一气饮干身边的半罐水，沁人心脾的凉意使我神清气爽。我坐起身，点燃一根烟。头顶上的星斗熠熠生辉。宛如一颗颗璀璨的宝石镶嵌在天幕上，却又没有那种傲睨人世的高贵气质。浩瀚的银河，浮着一匹云烟氤氲的白练；在我周围，黑黝黝的冷杉树梢笔直挺立，纹丝不动。就着白色的驴鞍，我看见拴着绳子的莫代斯丁一圈圈地踱步，听到它缓缓嚼草的声音，除此之外，耳边仅闻石上清溪隐隐传来的流淙，似在喁喁倾吐一种无法言喻的情愫。我懒洋洋地躺在床上，一边吸烟，一边观赏这清虚深邃的夜空的色彩，从松林上方微微泛红的暗灰，直到映衬着颗颗星星的深蓝。我平时戴着一枚银戒指，仿佛是为了使自己外形气质更接近商贩。此刻，随着夹在指间的香烟上下抖动，只见戒指周围闪着一圈朦胧的光晕。每吸一口烟，烟火与银光相映生辉，照亮掌心。一时间，它在黑暗笼罩的景物中显得格外耀眼醒目。

阵阵清风不时掠过林间空地，与其说风，毋宁说是荡涤心胸的爽冽气息。我在这宽敞的住处，能整晚享用这源源不绝的清氛。我不无悚悸地想起沙斯拉代的旅馆和人头攒簇的夜总会；想起那些夜游在外，无所顾忌的牧师和学生，想起热浪蒸腾的戏院和空气污浊的旅馆。我难得享受如此恬静旷达、超然于物欲之外的心境。我们从野外弯腰钻入狭小的居室，而屋外世界似乎本来就是一个温馨舒适的栖身之地。每天晚上，在这上天安排的露营地，都有一张铺好的床榻迎候你就寝。我自觉已重新发现了一个虽为村夫莽汉悟及但仍为政治经济学家懵懂不明的真理，或者至少说我已为自己觅得一种新的乐趣。我陶醉在独处的乐趣中，却又生出一种前所未有的缺憾：但愿在这灿烂的星光下，能有一位伴侣躺在身边，寂无声息，一动不动，就躺在伸手可及之处。世上有一种情谊，比起幽居独处，更能保持心神的宁静。倘能正确领会，便可升华孤淡的心境，使之臻于完美。和一位自己挚爱的女子同宿于露天，实乃最纯真、最自由的生活。

我这样躺着，心中交织着满足与憧憬。这时，一个声音隐隐约约地飘忽而至，我起初以为是远处农场传来的鸡鸣犬吠，可它不绝于耳，逐渐变得清晰可闻，原来是一位过路客沿着谷底小径边走边唱。他的歌算不得优雅动听，但却融入了美好的心声。他亮开嗓门，歌声在山坡上飘荡，震得林中的茂密枝叶飒飒作响。我曾在夜间沉睡的城市里听见行人走过身边，有的边行边唱，记得还有一位大声吹奏管风琴；我也曾听见街上骤然响起辘辘的车声，打破了持续数小时的静谧。当时我醒在床上，车声久久萦绕于耳际。但凡夜游客，无不具有一种浪漫的气质，令我们饶有兴致地猜测他们的行止。眼下，歌者听者同时浸润于浪漫的氛围。一方面，这位夜行客酒意醺然，引吭高歌；另一方面，我躺在睡袋里，在这五六千英尺见方的松林，独自吸着烟斗，仰望星空。

再次醒来时，天上的星星多已消失，惟有坚定护卫黑夜的几颗依然闪烁。远望东方地平线上现出一抹淡淡的晨曦，就像我夜间醒来时看到的银河。白昼将至。我点燃灯，就着微弱的光芒，套上皮靴，系好绑腿，掰碎面包喂了莫代斯丁，水壶灌满溪水，点上酒精灯，煮了些巧克力。黑暗长时间地笼罩着我香甜入梦的林间空地。然而顷刻间，维瓦赖峰顶上空一大片橙色镀上了粼粼金辉。看着妩媚可爱的白昼翩然而至，我心头涌动着庄严与欣喜的思绪。我兴致勃勃地谛听汩汩水声，纵目环顾四周，实指望有什么美丽的景物突然出现在眼前。可是没有。纹丝不动的黑松，宽敞的林中空地，嚼草的驴，一切仍是原样。只有光由晦转明，给万物注入了生机，注入了和畅的气息，也使我感到一种从未有过的欢畅。

我喝下味虽寡淡、但却温热适口的巧克力汁，在林中来回踱步。就在信步闲逛的时候，一阵劲风呼啸而至，恰似早晨大自然的一声长叹。风过之处，附近的树垂下黑色的枝叶，我看见远处崖畔稀稀立着几株松树，树梢沐浴着金色的朝晕，随风起伏荡漾。十分钟后，阳光迅速洒满山坡，驱散斑驳的阴影。天色大亮了。

我连忙收拾行装，准备攀登矗立在眼前的险峰。可脑中冒出的一个念头却令我踌躇难行。其实它不过是个幻觉，可幻觉有时也会萦心系怀，难以摆脱。我依稀觉得，我在绿野仙境受到慷慨、及时的款待。空气鲜澄，溪水清冽，黎明召唤我驻足片刻，欣赏美景，且不说斑斓绚丽的夜空，秀色可餐的幽谷，受到如此盛情的款待，我觉得自己欠下了谁的一笔人情债。于是，我一边走，一边喜滋滋地、同时又有些忍俊不禁地往路边草地上抛撒钱币，直至留足住宿费。我相信这笔钱绝不至于落到哪个家境富裕、脾气乖戾的牲口贩子手里。

心香一瓣

  如诗如画般的意境,让人仿佛身临其境,不由自主地也走进了那片松林。时而寂静空灵,时而瞬息万变,夜宿林中也这般情趣盎然!

  当然,这番情趣,只能来自神奇的大自然和一颗懂得享受的心灵。微风拂面,繁星点点,天籁之音,吹拂着心湖。

  为生活而奔波忙碌的都市人们,不妨抽点时间,放下脚步,暂时忘却喧嚣浮华,与大自然亲密接触,听听自己内心最真切的需求!

作者简介

  斯蒂文森(1850—1894),英国作家,19世纪末新浪漫主义文学代表,他善于写新奇浪漫的事物,他笔下常出现具有高贵品质的贫民、流浪汉、孤儿的形象。主要作品有小说《化身博士》、《金银岛》、《绑架》、《巴伦特雷少爷》以及散文集《内河航行》等。

大川河的水（节选）

[日] 芥川龙之介

但是，使我迷恋的——似乎可以这样说，不仅仅是大川河的水声，而且还有那几乎在任何地方也很难看到的弥弥漫漫、一望无际的平滑的波光和使人感到的温暖。

我出生在靠近大川河的一条街上。走出家门，穿过一条环绕着黑色的墙垣、柯树绿荫蔽天的横纲町的小路，就能一边看着开阔的河床，一边来到那条百本杭的河岸前。从儿时一直到中学毕业，我几乎每天都要路过这条河流。我很熟悉这里的水和船、桥梁和滩头；也很熟悉那些出生在水上，生活在水上的忙忙碌碌的人们。每当盛夏午后，踏着滚烫的沙地去学游泳路过这里时，便自然而然感受到散发在空气中的清新的气息。随着年龄的增长，至今我还时时想起，感到它的亲切。

我怎么会这样地爱上这么一条河流？我怎么会对浑浊而微温的流水产生无限的眷恋之情？连我自己也迷惑不解，无法说清。只是很久以前就开始，一见到那河水，不知为什么，总想掉泪，总有一种说不出的既感寂寥又似乎得到慰藉的感觉。它会把我从这个现实世界引向遥远的浮想联翩的精神世界，引起无限的怀思与追忆。因为有这样的心情，又由于它能够使我品尝慰藉和寂寥，因而我无比地爱上了这大川河水。

银灰色的薄雾，油一般的蓝蓝河水，惴惴不安似的声声汽笛，运煤船上的茶褐色的三角风帆，所有这些河上的景色，全都唤起我无限的哀愁，使我幼小的心灵颤栗不已，如河堤上的柳叶迎风飒飒。

这三年来，我一直在东京山手郊外杂木林中的书室里，过着潜心读书的生活。但是，就是在这种深居简出的平静生活中，我还是不忘每月两三次去大川河畔，眺望那里的长流。在书室沉寂宁静的气氛中，我总是兴奋和紧张，使我心慌意乱。那似乎凝静却又流着的大川河水和它的水色，完全把我那种难以忍受的慌乱的心绪溶入了清寂而又奔放的无限眷恋与怀念之中。这就像是经过长途跋涉、费尽周折朝圣归来又重新踏上故乡的一种心情。因为有了大川河的水，我才能重温真挚纯朴的感情。

我曾无数次看过那河边的洋槐，面对蓝蓝的河水，每当初夏的和风拂过，枝头轻轻摇曳，雪白的槐花便一朵朵地飘落。也曾无数次地在那多雾的十一月的夜晚，听过一群群白鹤在那黑黝黝的河水上空发出声声寒鸣。所见所闻的这一切，都使我对大川河依恋不舍，再次唤起我对它的爱恋。每当那样的时刻，我那容易颤抖的少年的心，正如夏天从水中钻出来的黑蜻蜓的翅膀一样颤动着，总以惊异的目光瞧着周围发生的一切。

当我斜靠在夜间捕捞的渔舟的船舷，凝视着默默流动着的暗沉沉的河水，特别当我感到从那漆黑的夜里和幽暗的水中飘出的"死"的气息时，我深深地感觉到：一种无依无靠的不安与寂寥已经向我袭来。这种感受是多么深切呀！

每当我见到大川河的流水，我就不能不怀着十分钦慕的心情，想起意大利画家邓南遮和他那满腔热情倾注在意大利水都威尼斯夜幕降临的景物上的心情。伴着寺院的钟声和天鹅的悠然长鸣，水都夜色渐深，月亮像是沉入水底似的，露台上的蔷薇花和百合花都披上了一层银辉，使它们显得更为苍白。威尼斯的游艇简直像漆黑的棺柩，就像在这里面漂浮，从一桥划向另一桥，一切恍若梦境。

受大川河水爱抚的许多市镇里巷，都是我十分恋念难忘的地方。从吾妻桥到下游的驹形、并木、藏前、代地、柳桥或是多田的药师前、梅堀、横纲等地沿岸——处处都叫人留恋眷念。大川河流波平如镜，泛出了苍翠的微波细浪，随着潮水带来清冷的海潮水味，同时还给所有大街小巷的人们送来令人怀念的哗哗流水声。大川河亘古直泻南流，它的水声传遍远近各地，流水声在阳光辉耀的各地窖的白壁与白壁之间，在光线暗淡的纸窗木屋之间，还在许多银灰色的初放嫩芽的槐柳街树之间到处回响，传入人们的耳中。啊，那涛声真使人难忘。那蓝蓝的带有草绿色的长河，不分昼夜地喃喃自语，执拗而又颇似得意地拍打着两岸的石崖。班女也好，业平也好；我对武藏野的过去虽不了解，但远至江户净琉璃的许多作者，近到河竹默阿尔翁，在他们的剧作中，为了强有力地表现歌舞伎剧中杀场的气氛，他们常借用这大川河凄凉的水声和浅草寺幽咽的钟声来作衬托。如"十六夜"和清心投河自尽时，在源之丞初次见到江湖女艺人一见倾心时，又如在夏天的黄昏，天空蝙蝠交织，补锅的松五郎挑着担子走过两国桥时，大川河水也是和今天一样地拍打着当时的船埠码头，滋养着当年岸边的青青芦苇，并从猪牙船的船舷哗哗地流逝，发出忧郁的低吟。

　　大川河的流水声，似乎在渡船上听最为扣人心弦。如果我的记忆无误，在吾妻桥和新大桥间渡口原有五处。这五处渡口中，驹形渡口、富士见渡口、安宅渡口三处，不知在什么时候，一个个地相继废弃不用了；现在只剩下从一桥到浜町的渡口和从御藏桥到须贺町的渡口，这两处还依然存在。和自己的童年时代相比，河道改变了；那些长满芦苇的河滩也已经无影无踪了。现在仅有这两处渡口还依然如故，还使用着从前的浅水船，船上还坐着与过去依稀相似的老船夫，风貌依旧；仍然一日数次地往来于碧波之上，蓝蓝绿水，与堤上的柳叶一色。我虽没有什么事，但还是常去乘坐这样的渡船。渡船随波荡漾，宛如摇篮。身体被波浪轻轻地摇晃着，有一种说不出的快感。尤其是在傍晚时分，愈晚愈能深刻领会到渡船幽静的情趣。船舷很低，外面是一片光滑的绿波,它发出青铜似的暗淡的光。宽广的河面,一望无际,直到被远处的新大桥挡住视线为止。两岸的家家户户均已融混在灰暗暮色之中。周围已是繁灯点点,灯光映在纸糊窗门的格扇上。黄黄的浑浑的在夜雾中飘浮。难得有一两艘传马船张着灰色的半帆,随着涨着的潮水上驶。可是,所有的船静悄悄的,静得甚至连船上有没有掌舵的人也很难知道。平时我面对着这种静静的船帆,吸着平滑绿波送来的潮水气息,这时总感到好像读了霍夫曼斯塔尔的诗《往事》似的,有一种说不出的凄凉。此外,还自然而然地感到:我的心绪之潮,与夜雾笼罩下的大川河水,合唱出同一旋律的歌。

但是,使我迷恋的——似乎可以这样说,不仅仅是大川河的水声,而且还有那几乎在任何地方也很难看到的弥弥漫漫、一望无际的平滑的波光和使人感到的温暖。

举例来说,海水像碧玉,却颜色绿得过深,绿得过浓。而完全不觉得潮水涨落的上游,又可以说水色如翡翠,绿得过浅,绿得过淡。只有那淡水与海水交汇处,奔流在平原的大河流,可以使人感到清冷的蓝色中夹着浑浊的黄色,有一种温暖的感觉,使人总感到它的亲切温和而有人情味。它还示人以真谛,使人觉得生活诱人。正因为大川河流过红土的关东平原,还在东京这样的大都市里静静流过的缘故,它显得浑浊,并泛起波纹,好像是一个难以侍奉的犹太老爷,整天嘟哝着,但正是这河水却又给人一种平稳满足、和蔼可亲及柔软温存的感觉。而且尽管它与别的河流同样都在都市里流着,而大川河却直接地不断地与神秘的大海相沟通，因而它的水并不像连接各河流的水渠那么深暗得像沉睡似的；总感到唯独它才是在生气勃勃地流着，并且感到这生气勃勃的川流不息的永无止境的河水是多么不可思议。在吾妻桥、厩桥、两国桥之间，看到那像香油般的蓝蓝的大川河水始终深深浸泡着花岗石及砖砌成的桥墩，它给人的那种欢欣的感觉便不言而喻了。在河岸边河水里映出船行的白色灯笼，倒映出袅袅丝柳和飘动的银色柳叶。闸门关闭时发出的和三弦琴一般温润的声音，对着红芙蓉花叹息黄昏的来临，河面的波纹常被胆小的鸭子的羽毛所乱。河水在冷冷清清的厨房下静静地闪烁流过，那深沉凝重的水色里，蕴藏着一种难以描述的温情。随着两国桥、新大桥、永代桥相继接近大河的出海处，大川河水就明显带有太平洋暖流的深蓝色调，在那满城噪音与尘埃的空气之下，大川河水宛如阳光洒落在马口铁上，反射出闪闪烁烁的光，懒洋洋地摇晃着满载煤炭的大传马船和白漆已经驳落的旧汽船。这时，人和大自然已经不知不觉地完全融合在一起了。这都市的水色给人的温暖总是不会消失。

尤其在傍晚，夜幕徐徐降临，河面上的水气冉冉而上，晚霞余辉未尽，这时候的大川河真是具有无法比拟的绝妙色调。我凭靠着渡船的舷，无意中独自举目眺望着那夜雾渐合的河面上，在那深暗的绿波远处，在黑糊糊的房子上空，看到一轮明月徐升，我禁不住流下泪水。这恐怕是我终生难忘的。"所有城市都有它自己的特有气息。佛罗伦萨的特有气息就是伊利斯的白花、尘土、薄雾和古代绘画的油漆味"。如果有人问我："东京"的气息是什么？恐怕我会毫不犹豫地回答说：是大川河的水的气息。不，不光是水的气息，还有大川河的水色和大川河水的流水声。这些也应该是我所爱的"东京"的色彩与声音。正因为有了大川河，我才爱"东京"；正因为有了"东京"，我才热爱生活。

心香一瓣

故乡的河,总是那样能拨动心弦,令人魂牵梦绕。

时而是欢快之音,时而是寂寥之声,时而是温柔的低语,时而是豪迈的宣泄……

流水无言却有情。逝者如斯,水无竭,流淌的是亘古如一的情怀。如酒,越品越醇,回味无穷;如歌,绕梁三日,余音袅袅……

[作者简介]

芥川龙之介(1892-1927),日本大正时代小说家。他在短暂的一生中,写了150多篇短篇小说。作品关注社会丑恶现象,文笔冷峻,语言简洁有力,具有高度的艺术感染力。代表作品有《罗生门》、《竹林中》等。

从阿尔卑斯山归来

[法] 都德

好像是每一只羊在它的沾染着阿尔卑斯草的芬芳的毛里,带回一种使人沉醉、使人舞蹈的田野的活跃的气氛似的。在这样的骚扰中间,羊群各自找到了自己的住所。没有比这样的安置看来更可爱了。

在普鲁文斯省,当天气温暖起来时,把家畜送到阿尔卑斯山里去已经是习惯了。畜生和人在那里要过五六个月,夜间便睡在露天底下高齐腰际的草里;随后,当秋天最初战栗的时候,他们又下山回到农庄上来,重在被迷迭香的花熏香了的灰色的小山上过着单调的牧羊生活……

昨天晚上羊群回来了。从早上起,大门便敞开地等待着;羊圈里铺了新鲜的干草。

不时地,人们重复着说:"现在,他们已经到艾杰尔了;现在,已经到巴拉都了。"

近黄昏的时候,突然间,一声大叫:"他们到那儿啦!"而在那边,在远处,我们看见羊群在尘土腾起的光辉里前进着。

整个的路好像在跟羊群一起蠕动。老公羊走在最前边,角往前伸着,现出凶野的神气;在它们后边,是羊群的主要部分,有点疲倦了的母亲们,偎挤在腿间的乳儿,篮子里驮着新生的小羊羔,一边走一边摇晃着的、头上戴着红绒球的骡子;再后边,是全身浸在汗里、舌头伸到地上的狗;走在最后边的,是两个高大的裹在褐色毛布外套里的牧羊的家伙,他们的外套像袈裟一样,一直拖到脚后跟。

所有这一切,在我们面前快乐地排成行列,带着一阵急雨般的践踏声拥进了大门。

那时院子里是怎样的骚乱啊!金绿两色相间的大孔雀,戴着绢绒般的冠,从它们的栖木上认出了来者,并用一种惊人的号筒般的鸣叫迎接着它们。

沉睡着的鸡窝突然被惊醒了。所有的都站了起来:鸽子,鸭子,火鸡,竹鸡。整个的家禽场像是疯狂了一般。母鸡们谈着要玩一整夜……

好像是每一只羊在它的沾染着阿尔卑斯草的芬芳的毛里,带回一种使人沉醉、使人舞蹈的田野的活跃的气氛似的。

在这样的骚扰中间,羊群各自找到了自己的住所。没有比这样的安置看来更可爱了。老公羊看到了它们的石槽,感动得流出了眼泪。那些在旅途中生出来而还从未看见过农庄的羊羔和极小的羔儿，惊奇地看着它们的周围。

但是最动人的是那些狗，那些忠于职务的牧羊人的狗。它们跟在羊群后边十分忙碌，在农庄上就只看到它们。

守夜的狗在它的窝里唤它们回来是徒劳的；井边盛满了新鲜的水的水桶向它们做手势也全无用处；在羊群进来以前，在粗大的门闩把小栅栏门关了以前，在牧羊人到低矮的小屋里坐在桌子周围以前，它们是什么也不要看，什么也不要听的。

而到这时候，它们才仅仅同意进到群狗的窝里去。在那儿，它们一边舐着它们的菜汤桶，一边同它们农庄上的同伴们谈论着它们在山里所做的事情：在那可怕的地方，有狼，有洋溢着露珠的大朵的紫色的毛地黄……

心香一瓣

  一幅多么朴实而温馨的乡村风俗画!

  秋日牧归,动物等生命也与人一样,有着相同的归家感受。回家的渴望与急切,劳累一天后的轻松与释然,彼此间的亲密与关切,展现的正是生命间的和谐相处。

  融融之情,暖暖之意,令人倍感温馨而心向往之。而和谐的生命赞歌,来自个体生命间的相互理解与团结。人类社会,亦应如此。

作者简介

  都德(1040—1897),法国19世纪著名的现实主义小说家。他的作品以讽刺和怜悯的笔调为主。长篇小说中,以《小东西》、《达拉斯贡城的达达兰》、《萨福》等最为出色。1870年普法战争爆发以后,他应征入伍,以战争生活为题材,创作了很多短篇小说,代表作有《柏林之围》、《最后一课》等。

诗意盎然的黎明

[法] 加一西·科莱特 程依荣 译

就在这条路上，就在这个时候，我意识到自己的价值，意识到一种不可言喻的幸福，意识到我和早起晨风、第一只鸟儿，以及椭圆形的刚刚出现的太阳之间的默契。

除了一小块地方，除了那棵银杏（我常常把它鲫鱼形的树叶赠给同学，他们拿去夹在地图册里），整个花园热气逼人，沐浴在略带红、紫的黄灿灿的阳光里。可是我不知道这红色的印象是来自我感情的满足，还是因为我眼花的缘故。金黄的沙砾反射的夏天，穿透我的大草帽的夏天，几乎没有黑夜的夏天……我母亲有感于我对黎明的深情，允许我去迎接它。她按照我的请求，三点半钟叫醒我；我两臂各挽一只篮子，朝河边狭长的沼地走去，去采摘草莓、黑茶藨子和长满须髯的醋栗。

此刻万物仍在混沌的、潮润的、隐隐约约的蓝色中沉睡，我踏着沙砾的小路行走，被自身重量羁绊的烟霞首先浸润我的双腿，然后是我的嘴唇、我的耳朵和全身最敏感的鼻孔……就在这条路上，就在这个时候，我意识到自己的价值，意识到一种不可言喻的幸福，意识到我和早起晨风、第一只鸟儿，以及椭圆形的刚刚出现的太阳之间的默契。

我母亲叫我一声"美人，金宝贝"，然后放我走了；她望着她的作品——她把我当做她的"杰作"——跑开并且在山坡上消失。我当年也许是俊俏的；我母亲的评价和我当时的照片并非总是一致的……我那时之所以显得俊俏，那是因为我风华正茂，因为黎明，因为我碧绿的眼睛，我在晨风中飘拂的金发和我作为被唤醒的孩子同其他尚在酣睡的孩子相比的优越感。

我听见敲头遍弥撒钟就往回走。但在此之前我已经饱餐了野果，已经像独自出猎的猎犬在树林中兜了一个大圈，还品尝了我崇敬的两眼清泉。一股清冽的泉水铮铮淙淙，勃然冒出地面，并在四周形成一个小沙洲。这股泉水刚出世就丧失了勇气，重新钻入地下。另一股泉水几乎不露踪迹，像蛇一样掠过草地，在草地中央隐秘地迂回。惟有一簇簇开花的水仙证实它的存在。头一股泉水有橡树叶的味儿，另一股有铁和风信子茎的味儿。提起这些泉水，我希望我万事皆休的时候嘴里能够充满它们的芳香，并且含着这想象的清冽的泉水离去……

风景卷

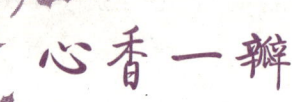
心香一瓣

　　黎明的可贵，在于那份朝气，那份希望……

　　尽管夜色未完全褪去，但那缕超出地平线的曙光，足以唤醒一颗沉睡的心，足以点燃梦想的激情火焰！

　　拥抱每一个黎明吧！过去的一天，已经永远属于过去，唯有今天才是实实在在的。珍惜当下，把握现在，才能赢得未来！

[作者简介]

　　加一西·科莱特（1873—1954），法国著名女演员、作家。主要作品有《流浪女》、《钟爱之人》、《爱情的终结》，散文集《漫长的时刻》等。

阳光——黑夜

[法] 于勒·米什莱　徐知免 译

阳光对于宇宙万物都意味着平安。无论是对于人类还是动物，光都是生命的保证；就像令人安详、和平、静穆的微笑，大自然的坦诚一样。

鱼的世界是静静的世界。俗话说："像鱼一样沉静。"

昆虫的世界是夜的世界，它们怕光。昆虫中即使像蜜蜂那样，白天劳动，但它还是喜欢黑暗。

鸟的世界是阳光和歌唱的世界。

万物生长靠太阳，一切都在它的照射下欢腾鼓舞。南方的鸟儿翅膀浸染着阳光；我们这里的鸟儿把阳光放进歌唱；还有许多鸟儿追逐日头，到处翱翔。

圣一琼说："瞧吧，早晨它们礼赞朝阳，傍晚，又虔诚地飞集在一起。看落日在苏格兰海岸缓缓下降。黄昏时分，大松鸡飞到最高的杉树枝头瞭望，不停地摇晃着身子，这样它看到太阳的时间可以更长。"

对于它们，阳光、爱和歌唱都一样。倘若你要让捕获的夜莺在它们不发情的季节里歌唱，你就用布蒙住笼子，然后蓦地还给它亮光，它准会引吭高歌。野蛮人常把倒霉的燕雀弄瞎了眼睛，催它饱含着激情，迸发出绝望而痛苦的鸣叫，它用声音为自己创造出和谐的光辉，用内心的热忱为自己创造出它的新升的太阳。

阳光对于宇宙万物都意味着平安。无论是对于人类还是动物，光都是生命的保证；就像令人安详、和平、静穆的微笑，大自然的坦诚一样。光使在黑暗中追逐着我们的恐怖却步，使梦幻的烦恼和痛苦消失，使困扰灵魂的愁绪逃遁得无影无踪。

长期以来人类群居宴处，已经不了解生活在旷野中的艰辛、惧怕、略无防卫之苦，自然界那可怕的大公无私的律令致人死亡，就跟给予生命一样。你祈求，也是徒然。大自然告诉飞禽："猫头鹰也有生存的权利。"大自然回答人类："我必须喂饱我的狮子。"

请你在旅行中仔细看一看荒僻的非洲那迷了路的不幸者的恐惧吧，请看一看可怜的奴隶在逃脱了人类的凶残之后又遇上了残酷的大自然时的恐惧吧。多么焦虑和痛苦啊，日落之后，成群的豺狼，充当狮子的可怖的前哨，开始转悠起来，它们远远地陪侍着它，或是在它前面用鼻子到处乱嗅，或是跟在它后头，像搬运尸体的夫役那样！它们对着你悲号，说道："明天，让别人来收拾你的骨殖吧。"这是多么巨大的恐怖！而这一切就发生在你身边……狮子看着你，目光炯炯地凝视着你，从它那青铜铸就的喉咙里发出低沉的吼声，对面前这个活生生的猎物唔呜咤叱，要把它吃掉！马也支持不住了，浑身颤抖，冒着冷汗，直立起来……人蹲在那儿，腹背受敌，他几乎已经无力给这个惟一能保护他生命的充满了光和热的城堡添加燃料了。

夜对于飞禽也是非常可怕的，甚至在我们这里危险好像比较少的地方也如此。黑夜里隐藏着无数妖魔鬼怪，在一片漆黑之中有多少令人害怕的东西啊！夜间奇袭的敌人一般都是这样，悄悄地猛扑过来。枭用寂静无声的双翼飞翔着，像是足下垫了棉花。颀长的臭鼬巧妙地钻进鸟窝，连一片树叶都没碰到。性情暴躁的榉貂嗜血成性，它是那样迅疾，只一下子就叼住禽鸟和幼雏，扼杀了全家。

一旦有了幼雏，鸟儿似乎对于这些危险产生了一种新的看法。它必须保护这个难禁风雨的穷家；走兽要比它好得多，因为幼兽生下来就能走路。但又怎样保护呢？它几乎只能待在那里等死；它飞不起来：爱折断了它的双翼。整夜，父亲看守着狭小的鸟巢入口，不睡也不困，历尽辛苦，用它脆弱的喙和不住摇晃的脑袋去抵挡危险，如果它看到面前突然出现了蛇那张开的血盆大口，圆睁着无限巨大的吓人的眼睛，该咋办？

对于任何生物，甚至对于被保护的幼雏，夜晚都是最大的烦忧。十七世纪的荷兰画家很能抓住这一点，并把它从放牧在草场上的牲畜身上表现出来。马自动走近了同伴，把头贴在它身上。

母牛领着小牛犊返回栅栏，一心只想着进入棚屋。这些母牛有了一所棚屋，一个居所，有了足以逃避夜的陷阱的歇息之地啦。而鸟儿，却只有一片树叶！

清晨，恐怖敛迹，暗影已经消逝，小小的灌木丛被朝暾照耀得亮堂堂的。巢边有鸟语啾喁，噪成一片！它们仿佛是在互相祝贺，喜庆重逢，大家都还活着。接着就开始歌唱。云雀从田沟里出来，又飞又唱，把地上的欢乐带上天空。

心香一瓣

飞鸟和虫鱼注定生活在两个不同的世界,阳光和黑夜对于不同的生物意义也不一样。

阳光,总能自然地使人联想到光明、美好的东西;黑夜,尽管暗藏着千难万险,也是一种不可或缺的磨难和挑战。

乐观地向着阳光,唱出对生活的自信;勇敢地直面黑夜,迎接崭新的一日。这才是对待生活的正确态度。

作者简介

于勒·米什莱(1798—1874),法国历史学家和散文家。他以历史学家的渊博知识来写作散文,情理交融、曲尽其妙。在他的笔下,山川、森林、海洋、昆虫,无不洋溢着深沉的诗意凝思。主要散文作品有《鸟》、《海》、《山》等。

乡村

[俄] 屠格涅夫

啊，俄罗斯自由之乡，多么惬意、安宁、富足！啊，多么宁静和美好！

于是我想道：皇城里圣索菲亚教堂圆顶上的十字架，还有我们这些城里人所孜孜以求的一切，现在又算得了什么呢？

六月里的最后一天。周围是俄罗斯广袤千里、幅员辽阔的疆土——我亲爱的家乡。

整个天空一片蔚蓝。天上只有一朵云彩，似乎是在飘动，又似乎是在消散。没有风，天气暖和……空气里仿佛弥漫着鲜牛奶似的味道！

云雀在鸣啭，大脖子鸽群咕咕叫着，燕子无声地飞翔，马儿打着响鼻、嚼着草,狗儿没有吠叫,温驯地摇尾站着。

空气里蒸腾着一种烟味,还有草香,并且混杂着一点儿松焦油和皮革的气味。大麻已经长得很茂盛,散发出它那浓郁的、好闻的气味。

一条坡度和缓的深谷,山谷两侧各栽植数行柳树,它们的树冠连成一片,下面的树干已经皲裂。一条小溪在山谷中流淌,透过清澈的涟漪,溪底的碎石子仿佛在颤动。远处,天地相交的地方,依稀可见一条大河的碧波。

沿着山谷,一侧是整齐的小粮库、紧闭门户的小仓房;另一侧,散落着五六家薄板屋顶的松木农舍。家家屋顶上,竖着一根装上椋鸟巢的长竿子;家家门檐上,饰着一匹铁铸的扬鬃奔马。粗糙不平的窗玻璃,辉映出彩虹的颜色。护窗板上,涂画着插有花束的陶罐。家家农舍前,端端正正摆着一条结实的长凳。猫儿警惕地竖起耳朵,在土台上蜷缩成一团。高高的门槛后面,清凉的前室里一片幽暗。

我把毛毯铺开,躺在山谷的边缘。周围是整堆整堆刚刚割下、清香醉人的干草。聪慧的屋主人把干草铺散在小木屋前:让干草再晒上一会儿,然后就送进草棚里贮藏起来。到时候,睡在干草上面那才舒坦呢!

孩子们长着卷发的小脑袋,从一堆堆干草后面钻出来。凤头鸡在草堆里寻找蚊蚋和小虫吃;白唇的小狗在乱草堆里打滚戏耍。

几个长着淡褐色卷发的小伙子,穿着干净的衬衫,衬衫的下摆低低地束在腰间,脚蹬沉重的镶边皮靴,胸口靠在卸掉了牲口的大车上,彼此兴致勃勃地谈天、逗笑。

一个圆脸的少妇从窗户里探出头来。不知是由于听了小伙子们的说笑，还是因为看到了干草堆里孩子们的嬉闹，她也笑了。

另一个少妇正伸出粗壮的胳膊，从井里吊起一只湿漉漉的大水桶……水桶在绳子上抖动着，晃荡着，滴下一滴滴闪光的水珠。

年老的女主人站在我面前，她穿一件方格呢裙子，蹬一双新的厚皮靴。

在她黝黑、瘦小的脖子上，绕着三圈大空心珠穿成的项链；花白头发上系着一条带小红点儿的黄头巾，头巾低低地遮盖到那已失去神采的眼睛上面。

但老年人的眼睛却彬彬有礼地笑着，那张布满皱纹的脸上也堆满了微笑。看上去，老人家已有六十多岁了……然而即使到现在也还看得出：当年是一位绝色美人！

她张开右手晒得黝黑的五指，提着一罐刚从地窖里取来的没有脱脂的冷牛奶，罐壁上布满了小玻璃珠似的水珠；左手掌心里，托着一大块还冒着热气的面包。她递给我说："随便吃吧，远方的客人！"

这时一只公鸡忽然啼叫起来，忙不迭地扑楞起翅膀；一头拴在圈里的小牛犊和它呼应着，不慌不忙地发出哞哞的叫声。

"瞧这片燕麦长得真好啊！"传来我马车夫的声音。

啊，俄罗斯自由之乡，多么惬意、安宁、富足！啊，多么宁静和美好！

于是我想道：皇城里圣索菲亚教堂圆顶上的十字架，还有我们这些城里人所孜孜以求的一切，现在又算得了什么呢？

心香一瓣

  一幅静谧温馨的乡村生活图。惬意、安宁、美好,多么让人沉醉!

  沉静自足——幸福,就是这样简单。远离功名物欲的诱惑,用心拥抱整个世界,那么,心灵的天线就能轻松地接收到幸福的信号。

  快乐其实很简单,幸福其实有地址,只要心是开放的,世界就是明媚的。

[作者简介]

  屠格涅夫(1818—1883),俄国作家,代表作品有长篇小说《猎人笔记》、《罗亭》、《贵族之家》、《前夜》、《父与子》、《烟》、《处女地》,中篇小说《林》、《阿霞》、《多余人的日记》等。此外,他还写了很多剧本与散文。

蔚蓝的王国

[俄] 屠格涅夫

有时候,蓦地从谁的嘴里飞出一些话语,飞出一些充满神奇之美和灵感力量的诗句……仿佛天空在与之呼应,周围的大海也因共鸣而微微颤动……然后是愉悦的静谧。

啊,蔚蓝的王国!啊,蔚蓝色的王国,光明、青春和幸福的王国!我见到了你……在梦里。

我们几个人,乘坐一叶装饰华美的小舟。在飘动的桅旗下,白帆像天鹅的胸脯似地鼓胀着。

我不知道我的朋友们是些什么人,但我全身心感觉到,他们和我一样,也是如此年轻、快乐而幸福!

我并没有看见他们,我在周围见到的,是一片无边无际的、蔚蓝的海洋，洋面上泛着金鳞似的涟漪；而在头顶上，也是无边无际的、蔚蓝的海洋，一轮可爱的太阳在那上面滚动，得意洋洋，如在微笑。

我们中间不时爆发出爽朗、欢乐的笑声，像是众神在欢笑！

有时候，蓦地从谁的嘴里飞出一些话语，飞出一些充满神奇之美和灵感力量的诗句……仿佛天空在与之呼应，周围的大海也因共鸣而微微颤动……然后是愉悦的静谧。

我们的快舟，穿越柔波行驶，不是风力把它推向前去，驾驭它的是我们自己跳动的心。我们想到哪儿，它就驶向哪儿，像有灵性似地顺从着。

有时我们会遇到呈现出宝石、紫晶、碧玉等色彩的、半透明的魔岛。从平缓的岸上送来阵阵醉人的芳香。有一部分岛屿，向我们洒下白玫瑰和铃兰的花雨；从另一些岛上，蓦地飞起五彩的长翼鸟。

鸟儿在我们头顶盘旋。铃兰和玫瑰消溶在珍珠般的泡沫之中，沿着我们光滑的船舷漂流而去。

伴随着鲜花和鸟儿，飘来了甜蜜的音乐……听得出其中有女性的声音……于是周围的一切——天空、海洋、头顶白帆的抖动，船后水流的潺潺，都在诉说着爱情，诉说着幸福的爱情！

于是，我们之中每个人都爱着的那一位，她就在这里……看不见，却近在身边。再过一刹那，她的眸子将会熠熠闪光，她的脸上将绽露微笑……她的手将携起你的手，并把你带到极乐的世界！

啊，蔚蓝的王国！我见到了你……在梦里。

心香一瓣

梦想是天堂，是乐土。在梦里，一切美好的东西都可以任你尽情想象拥有它们的喜悦。

但梦想毕竟还是虚幻的，是未实现的，可以憧憬，却不可以活在其中。

生活毕竟不是梦境，它很现实，有时也很残酷。我们不能逃避它，只有勇敢地面对它，接受不能改变的，改变可以改变的。

[作者简介]

屠格涅夫（1818—1883），俄国作家，代表作品有长篇小说《猎人笔记》、《罗亭》、《贵族之家》、《前夜》、《父与子》、《烟》、《处女地》，中篇小说《林》、《阿霞》、《多余人的日记》等。此外，他还写了很多剧本与散文。

密西西比河风光

[法] 夏多布里昂

可是，如果一阵微风吹进这深邃的丛林，摇动这些飘浮的物体，使白色、蓝色、绿色、玫瑰色的生物混杂交错，使所有的色调融合为浑然一体，使所有的声音汇成合唱，那是多么奇伟的声音，多么壮观的景象！可是，对于没有亲临其境的人，这一切我是无从描绘的。

密西西比河岸风光旖旎。西岸，草原一望无际；绿色的波浪逶迤而去，在天际同蓝天连成一片。三四千头一群的野牛在广阔无垠的草原上漫游。有时，一头年迈的野牛劈开波涛，游到河心小岛上，卧在高深的草丛里。看它头上有两弯新月，看它沾满淤泥的飘拂的长髯,你可能把它当成河神。它踌躇满志,望着那壮阔的河流和繁茂而荒野的两岸。

以上是西岸的情景。东岸的风光不同,同西岸形成令人赞叹的对比。河边、山巅、岩石上、幽谷里,各种颜色、各种芳香的树木杂处一堂,茁壮生长;它们高耸入云,为目力所不及。野葡萄、喇叭花、苦苹果在树下交错,在树枝上攀缘,一直爬到顶梢。它们从槭树延伸到鹅掌楸,从鹅掌楸延伸到蜀葵,形成无数洞穴、无数拱顶、无数柱廊。那些在树间攀缘的藤蔓常常迷失方向,它们越过小溪,在水面搭起花桥。木兰树在丛莽之中挺拔而起,耸立着它静止不动的锥形圆顶;它树顶开放的硕大的白花,俯瞰着整个丛林;除了在它身边摇着绿扇的棕榈,没有任何树木可以同它媲美。

被创世主安排在这个偏远的丛莽中的无数动物给这个世界带来魅力和生气。在小径尽头,有几只因为吃饱了葡萄而醉态可掬的熊,它们在小榆树的枝桠上蹒跚;鹿群在湖中沐浴;黑松鼠在茂密的树林中嬉戏;麻雀般大小的弗吉尼亚鸽从树上飞下来在长满红草莓的草地上踯躅;黄嘴的绿鹦鹉、映照成红色的绿啄木鸟和火焰般的红雀在柏树顶上飞来飞去;蜂鸟在佛罗里达茉莉上熠熠发光,而捕鸟为食的毒蛇倒挂在树枝交织而成的穹顶上,像藤蔓一样摇来摆去,同时发出阵阵嘶鸣。

如果说河对岸的草原上万籁无声,河这边却是一片骚动和聒噪:鸟啄啄击橡树干的笃笃声、野兽穿越丛林的沙沙声、动物吞噬食物或咬碎果核的呃呃声;潺潺的流水、啁啾的小鸟、低哞的野牛和咕咕叫的斑鸠——荒野的世界充满一种亲切而粗犷的和谐。可是,如果一阵微风吹进这深邃的丛林,摇动这些飘浮的物体,使白色、蓝色、绿色、玫瑰色的生物混杂交错，使所有的色调融合为浑然一体，使所有的声音汇成合唱，那是多么奇伟的声音，多么壮观的景象！可是，对于没有亲临其境的人，这一切我是无从描绘的。

心香一瓣

大自然往往会呈现出令人意想不到的惊美。密西西比河虽然风光旖旎，两岸却呈现出截然不同的景色：西岸是"风吹草低见牛羊"的大草原，东岸却是山巅、岩石和幽谷。

如此繁复多变、壮丽开阔，让人顿时展开无尽的想象……大自然的鬼斧神工，变幻莫测，在不同的地方手法往往是不一样的。

大自然，有着太多的奥妙等待着我们去发现。读万卷书，行万里路，多游历，就会有多的收获。

[作者简介]

夏多布里昂（1768—1848），法国著名作家，19世纪法国浪漫主义文学的先驱。他的语言华贵美丽，富有诗意，成为浪漫主义作家竞相模仿的对象。主要作品有小说《阿达拉》，散文集《非洲游记》和《墓畔回忆录》等。

尼亚加拉大瀑布

[英] 狄更斯

于是我感到，我站的地方和造物者多么近了，那时候，那幅宏伟的景象，一时之间所给我的印象，同时也就是永久无尽所给我的印象——一瞬的感觉，而又是永久的感觉——是一片和平之感：是心的宁静，是灵的恬适，是对于死者淡泊安详的回忆，是对于永久的安息和永久的幸福恢廓的展望，不掺杂一丁点暗淡之情，不掺杂一丁点恐怖之心。

那一天的天气寒冷潮湿，着实苦人；凄雾浓重，几欲成滴，树木在这个北国里还都枝柯赤裸，完全冬意。不论多会儿，只要车一停下来，我就侧耳静听，看是否能听到瀑布的吼声，同时还不断地往我认为一定是瀑布所在那方面死乞白赖地看；我所以知道瀑布就在那一方面，因为我看见河水滚滚朝着那儿流去；每一分钟都盼望会有飞溅的浪花出现。恰恰在我们停车以前几分钟内，我看见了两片嵯峨的白云，从地心深处巍巍而出，冉冉而上。当时所见，仅止于此。后来我们到底下了车了，于是我才头一回听到洪流的砰訇，同时觉得大地都在我脚下颤动。

崖岸陡峭，又因为有刚刚下过的雨和化了一半的冰，地上滑溜溜的，所以我自己也不知道我是怎么下去的，不过我却一会儿就站在山根那儿，同两个英国军官（他们也正走过那儿，现在和我到了一块）攀登到一片嶙峋的乱石上了。那时澎湃大作，震耳欲聋，玉花飞溅，蒙目如眯，我全身濡湿，衣履俱透。原来我们正站在美国瀑布的下面。我只能看见巨浸滔天，劈空而下，但是对于这片巨浸的形状和地位，却毫无概念，只渺渺茫茫，感到泉飞水立，浩瀚汪洋而已。

我们坐在小渡船上，在这两个大瀑布前面那条汹涌奔腾的河里过的时候，我才开始感到是怎么回事，不过我却有些目眩心摇，因而领会不到这副光景到底有多博大。一直到我来到平顶岩上看去的时候——哎呀天哪，那样一片飞立倒悬的晶莹碧波！——它的巍巍凛凛，浩瀚峻伟，才在我眼前整个呈现。

于是我感到，我站的地方和造物者多么近了，那时候，那幅宏伟的景象，一时之间所给我的印象，同时也就是永久无尽所给我的印象——一瞬的感觉，而又是永久的感觉——是一片和平之感：是心的宁静，是灵的恬适，是对于死者淡泊安详的回忆，是对于永久的安息和永久的幸福恢廓的展望，不掺杂一丁点暗淡之情，不掺杂一丁点恐怖之心。尼亚加拉一下就在我心里留下深刻的印象——留下了一幅美丽的形象,这形象一直永世不尽留在我的心头,永远不改变,永远不磨灭,一直到我的心房停止了搏动的时候。

我们在那个神工鬼斧、天魔帝力所创造出来的地方待了十天,在那永久令人不忘的十天里,日常生活中的龃龉和烦恼,如何离我而去,越去越远啊!巨浸的砰訇对于我如何振聋发聩啊!绝迹于尘世之上而却出现于晶莹垂波之中的,是何等的面目啊!在变幻无常、横亘半空的灿烂虹霓四围上下,天使的泪如何玉圆珠明,异彩缤纷,纷飞乱洒,纵翻横出啊!在这种眼泪里,天心帝意,又如何透露而出啊!

我一起始,就跑到了加拿大那一边儿,在那十天里就一直在那儿没动。

我从来没再过河,因为我知道,河那边也有人,而在这种地方,当然不能和不相干的闲杂人搀和。整天往来徘徊,从一切角度,来看这个垂瀑;站在马蹄铁大瀑布的边缘上,看着奔腾的水,在快到崖头的时候,力充劲足,然而却又好像在驰下崖头、投入深渊之前,先停顿一下似的;从河面上往上看巨涛下涌;攀上邻岭,从树梢间瞭望,看激湍盘旋而前,翻下万丈悬崖;站在下游三英里的巨石森岩下面,看着河水,波涌涡漩,砰訇应答,表面上看不出来它所以这样的原因,实在在河水深处,却受到巨瀑奔腾的骚扰;永远有尼亚加拉当前,看它受日光的蒸腾,受月华的迤逗,夕阳西下中一片红,暮色苍茫中一片灰;白天整天眼里看它,夜里枕上醒来耳里听它;这样的福就够我享的了。

我现在每到平静之时都要想:那片浩瀚汹涌的水,仍旧尽日横冲直滚，飞悬倒洒，砰訇澎渤，雷鸣山崩；那些虹霓仍旧在它下面一百英尺的空中弯亘横跨。太阳照在它上面的时候，它仍旧像玉液金波，晶莹明澈。天色暗淡的时候，它仍旧像玉霰琼雪，纷纷飞洒；像轻屑细末，从白垩质的悬崖峭壁上阵阵剥落；像如絮如棉的浓烟，从山腹幽岫里蒸腾喷涌。但是这个滔天的巨浸，在它要往下流去的时候，好像要先死去一番似的，从它那深不可测、以水为国的坟里，永远有浪花和迷雾的鬼魂，其大无物可与伦比，其强永远不受降伏，在宇宙还是一片混沌，黑暗还复掩渊面的时候，在匝地的巨浸——水——以前，另一个漫天的巨浸——光——还没经上帝盼咐而一下弥漫宇宙的时候，就在这儿森然庄严地呈异显灵。

心香一瓣

好一番壮观的瀑布景象！在慨叹大自然鬼斧神工般伟力的同时，谁能不对生命肃然起敬？

喧嚣沸腾，恣意奔放，尼亚加拉大瀑布彰显的正是流动的生命的力量。纵使跌下万丈山崖，纵使粉身碎骨，也要一往无前。

生命不息，奔腾不止。不甘平凡，轰轰烈烈，追求自己的价值，生命的伟大和高贵正在于此。

作者简介

狄更斯（1812—1870），19世纪英国批判现实主义小说家。他特别注意描写生活在英国社会底层的"小人物"的生活遭遇，反映当时英国复杂的社会现实，为英国批判现实主义文学的开拓和发展做出了卓越的贡献。代表作品有《匹克威克外传》、《雾都孤儿》、《老古玩店》、《艰难时世》、《我们共同的朋友》等。

四季生活

[俄] 谢尔盖·沃罗宁　曹世文 译

你看哪,她不离开故土,不抛弃哺育自己和自己儿女的严峻的土地。她没有离去,而只是把自己的苞芽藏得更严实,裹得更紧,使它们免遭严寒的摧残,开春时迸发出新叶,然后培育出种子,把它们奉献给大地,使生命万古长存,永葆青春。

每当清晨,我拉起用木条制成的黄色百叶窗时,都能看见她。她高耸、挺拔,永远伫立在我窗前。秋夜,她消溶在幽暗之中,不见了;而你若相信奇迹,便会以为她走到别的地方去了,因为不见了。但刚一露出曙光,白昼的一切尚在酣睡,隐约感到清晨的气息时,她又已出现在原处了。

我凝视着她，不禁萌生出奇思异想。她想必有自己的生活吧。又有谁知道，如果苍天赋予我认识大自然全部完美的感官，也许我眼前会展现出一个神奇的世界。这个世界具有一切生物所固有的伟大的和渺小的感情，这些感情人是无法理喻的。然而我仅有五种感官，况且由于人类历尽沧桑，这些感官已不那么灵敏了。

而她生机勃勃！她日益茁壮，逐年增高。如今我得略微抬头，才能从窗口看见她那清风般轻盈的、透亮的树梢。可十年前，半个窗框便能把她容纳下。

她的枝条刚刚摆脱漫长的严冬，还很脆硬，犹如加热过度的金属。春风吹过，枝条叮当作响。鸟儿还没在枝叶浓密的枝头筑巢。然而她已苏醒。这是一天清晨我才知道的。

邻居走到她跟前，用长钻头在她的树干上钻了个深孔，把一根不锈钢的小槽插进孔中，以便从槽中滴出浆汁。果然，浆汁滴了出来，像泪珠那样晶莹，像虚无那样明净。

"这并不是您的白桦。"我对邻居说。

"可也不是您的。"他回敬我。

是啊，她长在我的围墙外。她不是我的。但也不是他的。她是公共的，确切些说，她谁的也不是，所以他可以损害她，而我却无法对他加以禁止。

他从罐子里把白桦树透明的血液倒进小玻璃杯里，一小口一小口把它喝干。

"我需要树汁，"他说，"里面有葡萄糖。"

他回家去了，在树旁留下一个三公升的罐子，以便收集葡萄糖。树汁像从没有关紧的龙头里一滴一滴地迅速流下来。既然流出这么多树汁，那么他破坏了多少毛细管哟？……她也许在呻吟？她也许在为自己的生命担忧？我不得而知，因为我既没有第六感觉，也没有第七感觉，更没有第一百感觉、第一千感觉。我只能对她怜悯而已……

然而，一个星期后，伤口上长出一个褐色的疤。她自己治好了伤口。恰恰这时她身上的一颗颗苞芽鼓胀起来，从苞芽里绽出嫩绿的新叶，成千成万的新叶。目睹这些浅绿色的雾霭，我心里充满喜悦。我少不了她这棵白桦树。我对她习惯了。我对她永远伫立在我的窗前已经习惯了；而且在这不渝的忠诚和习惯中，蕴蓄着一种令我精神振奋的东西。的确我少不了她，尽管她根本不需要我。没有我，就像没有任何类似我的人一样，她照样生活得很好。

她保护着我。我的住宅离大路一百米左右。大路上行驶着各种车辆：货车，小轿车，公共汽车，推土机，自卸卡车，拖拉机。车辆成千上万，来回穿梭。还有灰尘。路上的灰尘多大啊！灰尘飞向我的住宅，假若没有她，这棵白桦树，会有多少灰尘钻进窗户，落到桌子上、被褥上，飞进肺里啊。她把全部灰尘吸附在自己身上了。

夏日里，她绿阴如盖。一阵轻风拂过，它便婆娑起舞。她的叶片浓密，连阳光也无法照进我的窗户。但夏季屋里恰好不需要阳光。沁人心脾的阴凉比灼热的阳光强百倍。然而，白桦树却整个儿沐浴在阳光里。她的簇簇绿叶闪闪发亮，苍翠欲滴，枝条峁壮生长，越发刚劲有力。

六月里没有下过一场雨，连杂草都开始枯黄。然而，她显然已为自己贮存了以备不时之需的水分，所以丝毫不遭干旱之苦。她的叶片还是那样富有弹性和光泽，不过长大了，叶片滚圆，而不再是锯齿形状，像春天那样了。

之后，雷电交加，整日在我的住宅附近盘旋，越来越阴沉，沉闷地——犹如在自己身体里——发出隆隆轰鸣，入暮时分，终于爆发了。正值白夜季节。风仿佛只想试探一下——这白桦树多结实？多坚强？白桦树并不畏惧，但好像因灾难临头而感到焦灼，她抖动着叶片，作为回答。于是大风像一头狂怒的公牛，骤然呼啸起来，向她扑去，猛击她的躯干。她蓦地摇晃了一下，为了更易于站稳脚跟，把叶片随风往后仰，于是树枝宛如千百股绿色细流，从她身上流下。电光闪闪，雷声隆隆。狂风停息了。滂沱大雨从天而降。这时，白桦树顺着躯干垂下了所有的枝条，无数股细流从树枝上流下，像从下垂的手臂流到地上。她懂得应该如何行动，才能岿然不动，确保生命无虞。

七月末，她把黄色的小飞机撒遍了自己周围的大地。无论是否刮风，她把小飞机抛向四面八方，尽可能抛得离自己远些，以免她那粗大的树冠妨碍它们吸收更多的阳光和雨露，使它们长成茁壮的幼苗。是啊，她与我们不同，有自己的规矩。她不把自己的儿女拴在身旁，所以她能永葆青春。

那年，田野里，草场上，山谷中，长出了许多幼小的白桦树。惟独大路上没有。

若问大地上什么最不幸,那便是道路了。道路上寸草不生,而且永远不会长出任何东西来。哪里是道路,哪里便是不毛之地。

太阳躲开我的住宅,也躲开白桦树。树叶立刻开始发黄,而且越来越黄,仿佛在苦苦哀求太阳归来。但太阳总是不露面。瓦灰色的浮云好似令人焦虑的战争的硝烟,向天宇铺天盖地涌来,又如巨浪相逐,遮蔽了一切。云片飞得很低,险些儿触及电视天线。下起了绵绵秋雨。雨水淅沥淅沥地下着,从一根树枝滴落到另一根树枝上。淫雨不舍昼夜,一切都变得湿漉漉的了,土地不再吸收雨水,或者是所有的植物都不再需要水分了吧。

夜里,我醒来了。屋里多么黑暗,多么寂静啊!……只听见雨珠从树枝上滴下时发出的簌簌声。萧瑟而连绵不绝的秋雨的簌簌声好生凄凉啊。我起了床,抽起烟来,推开窗户,于是看见了她那在秋日的昏暗中依稀可辨的身影。她赤身露体,任凭风吹雨打。翌日清晨,寒霜突然降临。随之又是几度霜冻,于是白桦树四周铺上了一圈黄叶。这一些全都是发生在寒雾中。然而,当树叶落尽,太阳露出脸来时,处处充满忧郁气氛,尤其是在她周围,因为就在不久前,这里还是青翠葱茏,一切都光艳照人,欣欣向荣。过去,一切都是这样美不胜收,朝气勃勃,如今却突然消失了。将要下起蒙蒙细雨来,树叶将要腐烂发黑,僵硬的树枝将要在冷风中瑟缩,水洼将要结冰。鸟儿将要飞走。死寂的黑夜将要拖得很长。在冬季里它将会更加漫长。暴风雪将要怒吼。严寒将要肆虐……

我离开家了。我不能留在那里,为不久前还使我欣喜和对生活充满信心的事物的消亡而苦恼。我搭机飞向南方。到了辛菲罗波尔之后，我便改乘出租汽车了，我又惊又喜地仔细观看温暖的南国的苍翠。一见黑海，我便悄声笑了。

浩淼、温暖的海。我潜进水里，向海底，向绿色的礁石游去。我喝酸葡萄酒，吃葡萄，精疲力竭地躺在暖烘烘的沙滩上，眺望大海，观看老是饥肠辘辘，为了一块面包而聒噪的海鸥。接着我又游进温暖的海水，攀上波峰，滑下浪谷，又攀上去。我又喝酸葡萄酒，吃烤羊肉，钻进暖烘烘的沙子里。在我身边的也是像我一样从自己的家园跑到这片乐土来的人们。大伙儿欢笑啊，嬉戏啊，在海滩上寻找斑斓的彩石，尽量不想家里发生的事情。这样会更轻松、更舒坦些。但要抛弃家园是办不到的，就像无法抛弃自己一样。

于是我回家了。四周一片冰天雪地。她也兀立在雪堆里。我不在时，刺骨的严寒逞凶肆虐，把她的躯干撕破了。撕裂得虽不严重，但落上一层雪的白韧皮映进我的眼帘。我抚摸了一下她的躯干。她的树皮干瘪、粗糙。这是辛勤劳作的树皮，同南方的什么"不知羞耻树"的树皮迥然不同。这里，一切都是为了同淫雨、暴雪、狂风搏斗。所以，像平时见到她时那样，我又萌生出各种奇思异想。我暗自忖度：你看哪，她不离开故土，不抛弃哺育自己和自己儿女的严峻的土地。她没有离去，而只是把自己的苞芽藏得更严实，裹得更紧，使它们免遭严寒的摧残，开春时迸发出新叶，然后培育出种子，把它们奉献给大地，使生命万古长存，永葆青春。是啊，她有自己的职责，而且忠诚不渝地履行这些职责,就像永远必须做那些为了生存下去而必须做的事情一样。

北风劲吹。像骨头似的硬邦邦的树枝互相碰撞,噼啪作响。刮北风的时间一向很长,一刮就是一个星期,两个星期。这一来,一切生物都得倍加小心。更何况天气严寒呢。好在我的住宅多少保护着她。但她毕竟还要挨冷受冻啊。严寒要持续很长时间,以致许多羸弱的生命活不到来年开春。但她能活到这个季节。她挺得住,而且年复一年地屹立在我的窗前……

心香一瓣

走过四季，走过酷暑严寒，走过风霜雨雪，白桦树依然挺立着，诠释着生命的顽强与坚韧。

不管面临怎样的挑战，它都对扎根的大地不离不弃，遵守着自然万物的生长规律，所以能够枝繁叶茂，能够经受住各种季节的考验，能够永葆青春。

树有树格，人有人格。白桦树的这种崇高的品格难道不值得人类学习吗？植物尚且懂得为责任而活着，人类更应当如此了。

[作者简介]

谢尔盖·沃罗宁（1913— ），俄罗斯作家。他最为成功的属短篇小说，他的短篇小说能够引起人们的情感撞击，令人回味。著有长篇小说《在自己的土地上》，中篇小说《不必要的荣誉》。代表作有《出卖》、《初恋》、《他人的信》、《凤愿》等。

塞纳河的早晨

[法] 阿纳托尔·法朗士　程依荣 译

要是没有这些以我的思想的无数细微变化反映在我身上、激励我、赐我活力的东西,我也就不存在了。因此,我以无限的深情热爱巴黎。

在给景物披上无限温情的淡灰色的清晨,我喜欢从窗口眺望塞纳河和它的两岸。

我见过那不勒斯海湾的明净的蓝天,但我们巴黎的天空更加活跃、更加亲切、更加蕴蓄。它像人的眼睛,懂得微笑、愤慨、悲伤和欢乐。此刻的阳光照耀着城内为生计忙碌的居民和牲畜。

对岸,圣尼古拉海港的强者忙着从船上卸下牛角,而站在跳板上的搬运工轻快地传递着糖块,把货物装进船舱里。北岸,梧桐树下排列着出租马车和马匹,它们把头埋在饲料袋里,平静地咀嚼着燕麦；而车夫们站在酒店的柜台前喝酒，一面用眼角窥伺着可能出现的早起的顾客。

　　旧书商把他们的书箱安放在岸边的护墙上。这些善良的精神商人长年累月在露天里，任风儿吹拂他们的长衫。经过风雨、霜雪、烟雾和烈日的磨练，他们变得好像大教堂的古老雕像。他们都是我的朋友。每当我从他们的书箱前走过，都能发现一两本我需要的书，一两本我在别处找不到的书。

　　一阵风刮起了街心的尘土、有叶翼的梧桐籽和从马嘴里漏下的干草末。别人对这飞扬的尘土可能毫无感触，可是它使我忆起了我在童年时代凝视过的同样的情景，使我这个老巴黎人的灵魂为之激动。我面前是何等宏伟的图景：状如顶针的凯旋门、光荣的塞纳河和河上的桥梁、蒂伊勒里宫的椴树、好像雕镂的珍品的文艺复兴时代的卢浮宫、最远处的夏约岗；右边新桥方向是令人肃然起敬的古老巴黎，它的塔楼和高耸的尖屋顶。这一切就是我的生命，就是我自己。要是没有这些以我的思想的无数细微变化反映在我身上、激励我、赐我活力的东西，我也就不存在了。因此，我以无限的深情热爱巴黎。

　　然而，我厌倦了。我觉得生活在一座思想如此活跃、并且教会我思想和敦促我不断思想的城市里，人们是无法休息的。在这些不断撩拨我的好奇心、使它疲惫但又永远不能使它满足的书堆里，怎么能够不亢奋、激动呢？

心香一瓣

塞纳河赋予了巴黎以灵动之美,也撩拨着人们的好奇心,激发着人们的灵感。埃菲尔铁塔、巴黎圣母院等位于塞纳河岸的著名建筑,更是使巴黎成为一座兼具古典与现代气息的大都市。

作为一座洋溢着青春活力的城市,巴黎成了人们心中象征着浪漫、自由的胜地。越来越多的诗人、学者、艺术家聚居此地,交流思想,成就了巴黎在人类文明史中的地位。

巴黎的繁华,不但不会使人感到疲惫、厌倦,反而会给人注入朝气蓬勃的力量。督促人思考、前进,使人保持亢奋、激动,这就是巴黎的城市魅力。

[作者简介]

阿纳托尔·法朗士(1844—1924),法国作家、文学评论家、社会活动家。1973年出版第一本诗集《金色诗篇》,尔后以写文学批评文章成名。1881年出版《波纳尔之罪》,在文坛上声名大噪。此后写了一系列的历史题材小说,如《苔依丝》、《鹅掌女王烤肉店》、《企鹅岛》、《诸神渴了》等长篇小说。获1921年诺贝尔文学奖。

远处的青山（节选）

[英] 约翰·高尔斯华绥

白昼与夜晚的美好、云雀的欢歌、花香与芳草、健美的欢畅、空气的澄鲜、星辰的庄严，阳光的和煦，还有那清歌与曼舞、淳朴的友情，这一切都是人们渴求不厌的。但是我们却偏偏要去追逐那浊流一般的命运。所以战争能永远终止吗？……

"但愿这一切快结束吧！"我自言自语道，"那时我就又能到这里来，到一切我熟悉的可爱的地方来，而不致这么神伤揪心，不致随着我的表针的每下滴答，就又有一批生灵惨遭涂炭。啊，但愿我又能——难道这事便永无完结了吗？"

现在总算有了完结，于是我又一次登上这座青山，头顶上沐浴着十二月的阳光，远处的海面一片金黄。这时心头不再感到痉挛，身上也不再有毒气侵袭。和平了！仍然有些难以相信。不过再不用过度紧张地去谛听那永无休止的隆隆炮声，或去观看那些倒毙的人们，张裂的伤口与死亡。和平了，真的和平了！战争持续了这么长久，我们不少人似乎已经忘记了一九一四年八月战争全面爆发之初的那种盛怒与惊愕之感。但是我却没有，而且永远不会。

在我们和一些人中——我以为实际在相当多的人中，只不过他们表达不出罢了——这场战争主要会给他们留下了这种感觉："但愿我能找到这样一个国家，那里人们所关心的不再是我们一向所关心的那些，而是美丽，是自然，是彼此仁爱相待。但愿我们能找到那座远处的青山！"关于忒俄克里托斯的诗篇，关于圣弗西斯的高风，在当今的各个国家里，正如东风里草上的露珠那样，早已渺不可见。即或过去我们的想法不同，现在我们的幻想也已破灭。不过和平终归已经到来，那些新近屠杀掉的人们的幽魂总不致再随着我们呼吸而充塞在我们胸膛。

和平之感在我们的思想上正一天天变得愈益真实和愈益与幸福相连。此刻我已能在这座青山之上为自己还能活在这样一个美好的世界而赞美造物主。我能在这温暖阳光的覆盖之下安然睡去，而不会睡后又是过去的那种怏怏欲绝。我甚至能心情欢快地去做梦，不致醒后好梦打破，而且即使做了噩梦，睁开眼睛后也就一切消失。我可以抬头仰望那蔚蓝的晴空而不会突然瞥见那里拖曳着一长串狰狞可怖的幻象，或者人对人所干出的种种伤天害理的惨景。我终于能够一动不动地凝视着晴空，那么澄澈而蔚蓝，而不会时刻受着悲愁的拘牵；或者俯视那光滟的远海，而不致担心波面上再会浮起屠杀和血污。

天空中各种禽鸟的飞翔，海鸥、白嘴鸭以及那些往来徘徊于白垩坑边的棕色小东西对我都是欣慰，它们是那样的自由自在，不受拘束。一只画眉正鸣转在黑莓丛中，那里叶间还晨露未干。轻如蝉翼的新月依然隐浮在天际；远处不时传来熟悉的声籁；而阳光正暖着我的脸颊。这一切都是多么愉快。这里见不到凶猛可怕的苍鹰飞扑而下，把那快乐的小鸟攫去。这里不再有歉仄不安的良心把我从这逸乐之中唤走。到处都是无限欢欣，完美无瑕。这里张目四望，不管你看看眼前的蜗牛甲壳，雕镂刻画得那般精致，恍如童话里小精灵头上的细角，而且角端作蔷薇色；还是俯瞰从此处至海上的一带平芜，它浮游于午后阳光的微笑之下，几乎活了起来，这里没有树篱，一片空旷，但有许多炯炯有神的树木，还有那银白的海鸥，翱翔在色如蘑菇的耕地或青葱翠绿的田野之间；不管你凝视的是这株小小的粉约雏菊而且慨叹它的生不逢时，还是注目那棕红灰褐的满谷林木，下面乳白的流云低低悬垂，暗影浮动——一切都是那么美好，这是只有大自然在一个风和日丽的天气，而且那观赏大自然的人的心情也分外悠闲的时候，才能见得到的。

在这座青山之上，我对战争与和平的区别也认识得比往常更加透彻。在我们的一般生活中，一切几乎没有发生多大改变——我们并没有领得更多的奶油或更多的汽油，战争的外衣与装备笼罩着我们，报刊杂志上还充溢着敌意和仇恨；但是精神情绪上我们确已感到了巨大差别，那久病之后逐渐死去还是逐渐恢复的巨大差别。据说，此次战争爆发之初，曾有一位艺术家闭门不出，把自己关在家中和花园里面，不订报纸、不会宾客，耳不闻打伐之声，目不睹战争之形，每日惟以作画赏花自娱——只不知他这样继续了多久。难道他这样作法便是聪明，还是他所感到的痛苦比那些不知躲避的人更加厉害？难道一个人连自己头顶上的苍穹也能躲得开吗？连自己同类的普遍灾难也能无动于衷吗？

整个世界逐渐恢复——生命这株伟大花朵的慢慢重放——在人的感觉与印象上的确是再美不过的事了。我把手掌狠狠地压在草叶上，然后把手拿开，再看看那草叶慢慢直了过来，脱去它的损伤。我们自己的情形也正是如此。战争的创伤已深深侵入我们身心，正如严霜侵入土地那样。在为了打人流血这桩事情而在战斗、护理、宣传、文字、工事，以及计数不清的各个方面而竭力努力的人们当中，很少人是出于对战争的真正的热忱才去做的。但是，说来奇怪，这四年来写得一篇最优美的诗歌，亦即朱利安·克伦菲尔的《投入战斗！》竟是纵情讴歌战争之作！但是如果我们能把自那第一声战斗号角之后一切男女对战争所发出的深切诅咒全部聚集起来，那些哀歌之多恐怕连笼罩地面的高空也盛装不下。

然而那美与仁爱所在的"青山"离开我们还很遥远。什么时候它会更近些？人们甚至在我所偃卧的这座青山也打过仗。根据在这里白垩与草地上的工事的痕迹，这里还曾宿过士兵。白昼与夜晚的美好、云雀的欢歌、花香与芳草、健美的欢畅、空气的澄鲜、星辰的庄严，阳光的和煦，还有那清歌与曼舞、淳朴的友情，这一切都是人们渴求不厌的。但是我们却偏偏要去追逐那浊流一般的命运。所以战争能永远终止吗？……

这是四年零四个月以来我再没有领略过的快乐，现在我躺在草地上，听任思想自由飞翔，那安详如海面上轻轻袭来的和风，那幸福如这座青山上的晴光。

心香一瓣

远处的青山，象征着美与仁爱、光明与和平。然而，在世界大战战火纷飞的年代里，躺在草地上欣赏山色之青翠、沐浴阳光与和风、呼吸澄清的空气，是怎样一种奢侈的渴望！

大自然的飞鸟虫鱼等可以无拘无束地遨游于各自的乐土，而人类却难有安定祥和的生活。但是，人类终究是自己生活的缔造者，和平生活要靠自己去争取。

只有世界各国的人民相互包容，求同存异，克制贪欲，地球家园才能多一些绿水青山，幸福的阳光才能洒满每一个角落。

作者简介

约翰·高尔斯华绥（1867-1933），英国小说家、剧作家。主要作品有长篇小说《福尔赛世家》、《尾声》等，戏剧作品《银盒》、《斗争》、《正义》等，散文集《敞衣人》等。

自然素描（节选）

[法] 儒勒·列那尔

这些树木会逐渐接纳我的，而为了配受这个光荣，我学习应该懂得的事情。

我已经懂得监视流云。

我也懂得待在原地一动不动。

而且，我几乎学会了沉默……

一个树木的家庭

我是在穿过了一片被阳光照耀的平原之后遇见他们的。

它们不喜欢声音，没有住到路边。它们居住在未开垦的田野上，靠着一泓只有鸟儿才知道的清泉。

从远处望去，树林似乎是不能进入的，但当我靠近，树干和树干就渐渐松开，它们谨慎地欢迎我。我可以休息，乘凉，但我猜测，它们正在监视我，并不放心。

它们生活在家庭里，年纪最大的住在中间，而那些小家伙，还有些刚刚长出第一批叶子，差不多遍地都是，从不分离。

它们的死亡是缓慢的，它们让死去的树也站立着，直至朽落而变成尘埃。

它们用长长的枝条互相抚摸，像盲人凭此确信它们全都在这里。如果风气喘呼呼的要将它们连根拔起，它们的手臂就愤怒挥动，但是，在它们之间，却没有任何争吵，它们只是和睦低语。

我感到这才是我真正的家，我很快就会忘掉另一个家的。这些树木会逐渐接纳我的，而为了配受这个光荣，我学习应该懂得的事情。

我已经懂得监视流云。

我也懂得待在原地一动不动。

而且，我几乎学会了沉默……

蟋　蟀

是时候啦！黑昆虫游荡够了，停止散步，回去细心修补他乱七八糟的领地。

首先，他耙平狭小的沙子通道。

他锯下细屑，洒到住地入口处。

他挫倒那株专给他添麻烦的大草根。

他休息了。

然后，他给他的微型手表上发条。

他完事了吗？表打碎了吗？他又歇了一会。

他回到屋里，关上门。

他用钥匙在精致的锁里长时间转圈。

他又在倾听：

外面没有一点不安的声音。

但他还是不放心。

他好像抓着一根小链条一直下到大地深处，装链条的滑轮刺耳地响着。

什么也听不见了。

寂静的田野上，白杨树像手指般伸向天空，指着月亮。

蝴　蝶

这封轻柔的短函对折着，正在寻找一个花儿投递处。

云　雀

我从未见过云雀，即使黎明即起也是徒劳。云雀不是地上的鸟儿。

今天早晨以来，我就踩着泥块和枯草寻找。

一群群灰色的麻雀或艳丽的金翅鸟，在荆棘篱笆上飘荡。

八哥穿着省长制服检阅树木。

一只鹡鸰贴着苜蓿地飞翔，划出一条笔直的墨线。

牧人比女人还灵巧地打着毛线，在他后面，样子相似的绵羊一个接着一个。

一切都浸润着鲜艳的光泽,即使是不吉祥的乌鸦也令人微笑。

但是,请像我一样倾听。

你们听到了吗,上面,在某一个地方,水晶碎块在一只金杯里冲?

谁能告诉我云雀在哪儿歌唱?

如果我抬头望天,阳光会烧炙我的眼睛。

我只得放弃见她的念头。

云雀生活在天上,天鸟中唯有她的歌声能一直传到我们这里。

翠　鸟

今晚,鱼没有上钩,但是,我带回来一种不寻常的情感。

当我伸着笔直的钓竿,一只翠鸟过来歇在上头。

没有比他更光彩夺目的鸟了。

仿佛是一朵很大的蓝色花朵开在细长的枝条之端。钓竿在重力下弯曲。我屏住呼吸,因被翠鸟当作了一棵树而感到十分自豪。

我坚信,翠鸟不是因为害怕飞走的,不,他准以为自己不过是从这根树枝跳到了另一根树枝。

鹿

我从路的一端走进树林,而它是从另一端来的。

起先,我以为那是一个陌生人带着一瓶花前来。

然后,我发现这是一头鹿,它的角像一棵矮矮的小树,枝条丫杈，没有叶子。

最后，鹿一下子出现了。我俩全停住脚步。

我跟它说："靠拢来，什么也别怕。我带着枪，那为的是有气派，想模仿那些煞有介事的人。我永远也不会使用枪，我把子弹留在子弹盒子里。"

鹿听着，嗅着我的话。我一说完，它毫不犹豫地拔腿就跑，像是一阵风刮得枝条一会儿交叉，一会儿又不再交叉。它逃走了。"多遗憾！"我朝他喊，"我都幻想咱俩一起上路了。我呢，将我所喜爱的草儿亲手献给你，而你，就把我的枪横在鹿角上散步。"

牛

老牛缓慢地、安静地过来喝水。他们把脊背挺直，喝着水。水在极轻微地颤动。最后，他们凉快了，似醉非醉，又同时抬起头，像来时那样，乖乖地离去。

但是，有一头牛留着。

十分温柔的牧人并无恶意地戳着他臀部的干粪片，但没有用处：一头牛留着，蹄子插在土中，凝视着双角倒影，忘掉了自身。

母 鸡

门一开，她就脚爪并拢跳出鸡棚。

这是一只平常的母鸡，装饰朴素，从不下金蛋。

在炫目的亮光下,她犹豫不定地向院子里走了几步。

她首先看到的是灰堆,每天早晨,她都习惯于在那儿嬉戏。

她在那里打滚,沾上满身灰烬。她羽毛鼓胀,双翅激烈振动着,抖掉昨夜的跳蚤。

然后,她走到被最近一场骤雨注满水的盘子前饮水。

她只是饮水。

她小口小口地饮,脖子举起时刚够着盘子的边缘。

然后,她寻找粮食。

属于她的有嫩草,还有昆虫和遗落的谷粒。

她啄着,啄着,不知疲倦。

她时而停下来,挺立着,目光敏锐,嗉囊前凸,头冠有似当年共和党人的红便帽。她在用这只耳朵和那只耳朵倾听。

而一旦确信并无什么新鲜事,她又开始寻食。

她像关节性痛风患者那样高高举起僵直的脚。她张开爪子,小心地放下,没有声音。

她行走时多像光着脚丫子的人。

燕　子

她们每天都来给我上课。

一声声呢喃在空中画出无数虚点。

她们引出一根直线,到顶头猛然一顿,蓦地另起一行飞去。

飞得太快了,花园里的水塘都无法临摹下她们掠过时的影子。

她们从地窖一跃就登上阁楼。她们用轻盈的翎毛笔,把那谁都无法模拟的签名,一挥而就。然后,一对对地,她们括一个大括弧,晤面,聚合在一起,在天空的蓝色底板上,落下墨迹。

可是充满友情的目光还追随着她们,如果你懂得希腊文和拉丁文,而我认识烟囱的燕子在空中描画出来的是希伯来文。

心香一瓣

  树木之间没有争吵,只是和睦低语,这种和平友爱不是人类应该学习的吗?

  燕排长空,低语呢喃,这份自由,不是人生应追求的一种幸福吗?

  万类霜天竞自由。到处都是大自然的物语,人类应学会向大自然学习,描绘和创造属于自己的生活。

[作者简介]

  儒勒·列那尔(1864—1901),法国作家。他的语言凝练,用词准确,反对粉饰和夸张。代表作有诗集《玫瑰花集》,小说《胡萝卜须》,散文《自然记事》、《日记》等。

敬 启

在本书编著的过程中，我们积极联系广大作者，也得到了绝大部分作者的同意，在此我们表示衷心的感谢。但由于种种原因，尚有少数著作权人未能取得联系，请原著作权人见到本书后，联系010—59767135，我们将按照国家相关规定支付稿酬。

本书所涉部分作品版权由中国文字著作权协会代理，地址：北京市朝阳区京广中心商务楼四层，邮编：100020，电话：010—65978906，传真：65978926。Email：chinacopyright@yahoo.cn

敬 启

在本书编著的过程中，我们积极联系广大作者，也得到了绝大部分作者的同意，在此我们表示衷心的感谢。但由于种种原因，尚有少数著作权人未能取得联系，请原著作权人见到本书后，联系010—59767135，我们将按照国家相关规定支付稿酬。

本书所涉部分作品版权由中国文字著作权协会代理，地址：北京市朝阳区京广中心商务楼四层，邮编：100020，电话：010—65978906，传真：65978926。Email：chinacopyright@yahoo.cn